ATALA
RENÉ

CHATEAUBRIAND

ATALA
RENÉ

Chronologie et préface
par
Pierre Reboul

GF
FLAMMARION

INTRODUCTION

« Si *René* n'existait pas, je ne l'écrirais plus ; s'il m'était possible de le détruire, je le détruirais. » On ne s'explique guère, aujourd'hui, cette orgueilleuse condamnation. Dans une lettre datée du 26 mai 1817, Astolphe de Custine en jugeait mieux :

« M. de Chateaubriand, s'il a fait quelque bien, a fait aussi bien du mal en France [...]. Il a ouvert un asile à l'orgueil et à la vanité dans la rêverie et la mélancolie ; il a porté les passions du monde dans le sanctuaire de la vertu et, par lui, l'ambition des âmes inquiètes a pris trop souvent le vernis de la contemplation religieuse. »

Et ego in Arcadia : orgueilleux et vains, inquiets et ambitieux, nous pouvons encore subir ces envoûtements, savourer ces poisons. *René*, c'est la *Nausée* de l'an IX. Ni Sartre ni Chateaubriand n'approuveraient cette proposition. Et pourtant, c'est bien cela : une nausée moins lucide, plus juvénile, ignorant Heidegger et 1917 ; une nausée truquée, qui s'achève en prière ; une nausée cependant, redoutable et contagieuse, encore présente, insidieuse et farouche — comme Lucifer. L'auteur des *Mémoires d'outre-tombe* savait cela — d'autant mieux, d'autant plus profondément que chacun de ses jours reproduisait cette nausée, sous les espèces hautaines du mépris et de l'ennui.

Atala et *René* portent leur âge, mais allégrement. A travers leurs grâces desséchées, l'homme du XXᵉ siècle hume encore le bouquet de leur poison. A travers des attitudes figées, les charmes du mystère et du malheur ont conservé leur efficace. Tant que l'*homo duplex* maintiendra sa dualité, il se reconnaîtra dans ces miroirs flatteurs et désastreux. Ni ange ni bête, hélas! Il est si difficile de bien *faire l'homme*.

De quoi s'agit-il? Résumer n'est pas répondre : prisonnier des ennemis de sa tribu et attendant la mort, Chactas s'enfuit avec la charmante Atala qui l'a délivré, mais qui, victime d'une foi mal éclairée et d'un vœu imprudent de sa mère, se refuse à l'amour qu'elle inspire et qu'elle éprouve, puis se tue au moment où un bon missionnaire allait tout arranger. René, lui, tient mal les promesses de son nom : il a vécu, dans quelque province, une enfance et une adolescence heureuse auprès d'une sœur tendre. Mais Amélie s'éloigne; René, peiné, voyage. Le vaste monde lui enseigne la vanité de tout. Quand il revient, Amélie prend le voile et, au cours de la cérémonie, il apprend qu'elle l'aimait d'un amour incestueux. Réfugié dans les déserts de l'Amérique, il se confie à Chactas et entend un sermon sévère du Père Souël.

Rien, dans ces deux histoires, ne paraît aller loin; deux interdits, qu'on ne viole pas; les charmes de la nature sauvage... On devine que le récit n'en recèle pas les prestiges. *Atala* ni *René* ne sont pas des romans-feuilletons — ni même des romans. Œuvres courtes mais composites, dont la signification a fait divorce avec le sens et l'auteur, incertain et divisé contre lui-même, engage avec le lecteur, sur plusieurs plans peut-être étrangers les uns aux autres, un dialogue qui n'aurait pas de fin sans l'arbitraire d'un acte de foi.

L'EXOTISME

Plus les civilisations deviennent complexes et les sociétés diverses, plus les hommes sont instamment invités à se faire rouages, plus aussi nous éprouvons l'envie tenace de sortir de nous-mêmes, en échappant à notre cadre. Qui n'est pas savant lit aujourd'hui Lévi-Strauss ou Margaret Mead comme on faisait autrefois *Atala*.

Ce mouvement qui nous précipite vers l'Amazonie ou la Nouvelle-Guinée jetait jadis vers les Natchez — l'exotisme littéraire pose les mêmes questions et satisfait les mêmes inquiétudes captieuses que l'ethnologie contemporaine. Nul exotisme chez Racine, qui informe sans faire illusion, sans contraindre ; de simples curiosités chez Regnard ou Chardin ; une charitable naïveté dissimule les complaisances et les attentats des missionnaires jésuites. Mais voici que les voyages deviennent des actes révolutionnaires, qu'on peut d'ailleurs perpétrer sans trop quitter sa chambre. Bernardin de Saint-Pierre ni Chateaubriand n'ont écrit, ni l'un ni l'autre, le *Supplément au Voyage de Bougainville*. Ne nous y trompons cependant pas : il y a, dans les grâces désuètes du style, dans ces illusions de dépaysement, dans un grand déploiement de mots étranges, de paysages inconnus, d'objets et de mœurs barbares, la même tenace et irrésistible invitation à remettre en question les formes européennes de la pensée et de la vie.

Sortir de soi, dans l'espace ou le temps — qui se confondent : Homère devient l'un des Natchez, ou Ossian. Dès lors qu'il s'agit d'échapper à soi-même, qu'importe qu'on suive les voies de l'histoire ou celles de la géographie ? Le parfum d'*homérisme* que E. Delécluze humait dans *Atala* n'est pas néo-classique : ce récit modeste anticipe fort peu sur *les Martyrs*. L'Homère dont il s'agit, c'est celui de Wolf — celui qui exprime l'âme d'un peuple primitif ; peuple et non poète épique ; épopée naturelle et non pas œuvre d'art. Européen conscient (donc lassé, dégoûté), Chateaubriand se tourne vers Homère, vers Ossian. Est-ce sa faute si Ossian se nommait Macpherson et si cette supercherie manifeste qu'il est difficile d'abolir l'histoire ? L'exotisme chronologique ou ethnologique se fait mensonge, mais ce mensonge constitue la vraie vérité des sociétés, des individus que rebute leur achèvement et que tente une exaltante illusion d'enfance. Chactas *parle sauvage :* mots et comparaisons nous arrachent à la France, à ce point que l'auteur les doit traduire en note. Ces attentats contre le langage attentent à la civilisation : ce dépaysement satisfait en moi quelque volonté de mourir à moi-même.

Au demeurant l'auteur ne s'embarrasse pas de scrupules trop nombreux. Il prend son bien où il le trouve : dans sa mémoire, s'il y a lieu ; dans celle des autres, le plus souvent. Il utilise ainsi, de près, l'*Histoire et description générale de la Nouvelle France* (1744) du P. de Charlevoix, *les Mœurs des sauvages américains comparées aux mœurs des premiers temps* (1724) du P. Lafitau, les *Travels through the interior parts of North America in the years 1766, 1767 and 1768* (1778) de Jonathan Carver et surtout les *Travels through North and South Carolina, Georgia, East and West Florida, The Cherokee country*, etc. de William Bartram. Il reprend la poésie là où elle est — chez Bartram — et l'ajoute là où elle n'est pas, merveilleusement. Plus libre, plus autoritaire quand il s'agit de ce qu'il ignore et fondant — avec une heureuse désinvolture — les éléments empruntés et les impressions vécues.

Aimables pièges de l'exotisme où viennent s'engluer les âmes tendres ou blessées, parmi les colibris, les cardinaux et les oiseaux moqueurs ! Combien s'éloignent les sages curiosités d'un Hérodote ou les enfantines surprises d'un Antonio Pigafeta. « Les champs primitifs de la nature » deviennent des coulisses de théâtre où dépouiller l'homme nouveau, discrètement. Mais il n'est guère aisé de se renoncer soi-même et, dans un déchirement qui n'atteint pas son terme, l'Européen du XIXe siècle, voire du XXe, déguste avec une joie amère, à travers la critique de soi, l'orgueilleux ragoût de la bonne conscience.

NATURE ET CIVILISATION

Car Chateaubriand ne va pas jusqu'au bout. Pas plus que nous. C'est le secret de son charme, sinon de sa grandeur. Le jeu des contradictions vivifie ses livres : la nature et la civilisation s'opposent ; la religion fait une sorte de synthèse, à moins que cette dialectique ne soit déjà celle de l'histoire et que *l'Avenir du monde* ne donne à *Atala*, à *René*, dans les *Mémoires d'outre-tombe*, leur vraie réponse. Il faudrait la rigueur d'un Rousseau pour

camoufler ces oppositions — ou la pureté de Rimbaud.
Chateaubriand n'est pas Rousseau, Rimbaud moins
encore. Il est, ici, un bon jeune homme du XVIIIe siècle,
récemment converti. Il est revenu de tout, étant, du
moins, allé quelque part. Il a quitté la civilisation pour
la nature et la nature pour la civilisation. La Patrie
céleste peut lui servir de refuge — un refuge que
rendent nécessaire les contradictions de ces deux livres.
Mais il a vécu ces contradictions dans le temps et, dans
l'instant présent, il les vit encore. Il utilise, sans ver-
gogne, un travail antérieur à sa conversion : l'apologiste
trempe une plume neuve dans une encre ancienne.

Notre émigré avait quitté l'Europe librement. Il allait
chercher, à la fois, le passage du Nord-Ouest et le bon
sauvage. Quoique *Atala* prenne place dans *le Génie du
christianisme*, c'est d'abord une petite épopée de
l'homme de la nature. Il suffirait de bien peu pour que
l'auteur requît contre le christianisme et la civilisation.
De quoi ? Oh ! qu'il s'appelât Diderot — ou qu'il n'eût
pas vieilli dans le malheur — qu'il n'eût pas fait, dans
Londres et dans le Suffolk, l'expérience de la pauvreté
et de la misère morale. Que Diderot tienne la plume, et
la piété d'Atala causera sa mort ! Peut-être même
qu'Amélie trouvera un refuge et le salut, non pas dans
un cloître, mais dans les bras de son frère !

Dans ce combat oratoire et poétique, la grande
Nature l'emporte souvent sur la petite civilisation. Si le
christianisme n'était pas là, cela tournerait au triomphe.
Les illustrateurs ne s'y sont pas trompés, qui ont
représenté Chactas vêtu de ses habits de sauvage, tenant
d'une main ses vêtements européens, de l'autre son arc
et ses flèches et disant à Lopez : « Je meurs, si je ne
reprends la vie de l'Indien ». Il faut la mort d'Atala
pour qu'il s'approche de Dieu et, plus tard, les fausses
grandeurs de la France ne le détourneront pas de la
simplicité patriarcale. De l'autre part, René a librement
choisi de vivre la vie des *Natchez*. Il a fait son refuge du
désert et, de la simple, de la grande, de l'humaine
nature, son cloître.

Les cruautés des *Chasseurs* n'ôtent que bien peu à
l'éclat de leur ingénuité et de leur courage. Le Père

Aubry, qui civilise *cruce et aratro*, se garde bien de trop accorder au progrès. René d'une autre trempe, il a fui, lui aussi, les orages désirés de la passion et trouvé dans le désert, en même temps que le champ d'action de sa charité, un refuge efficace. Comme les missionnaires de la Chine, il admire ce qu'il combat et court le risque de se convertir discrètement en s'efforçant de convertir les autres.

Les laboureurs feignent de concilier le passé et l'avenir. Mais, en vérité, « ô temps ! suspends ton vol » constitue la clef de ces méditations tantôt lyriques, tantôt épiques. Le Père Aubry défend moins ces bons sauvages contre eux-mêmes qu'il ne les protège contre le progrès. Tout en mettant l'Histoire en marche, il s'emploie à sauver, avec les âmes, l'essentiel des mœurs primitives. L'eau bénite laisse la nature à elle-même (ou mieux, la rend à elle-même) et cette légende des siècles en raccourci s'interdit l'entrée de l'Europe et du présent. Car si, Ariane désolée, nous déroulions le fil du temps, nous ne sortirions de notre labyrinthe que pour déboucher sur la place de la Révolution...

MAL DU SIÈCLE ET MAL DES HOMMES

Le siècle avait un an ou deux[1], et déjà, dans *Atala* et dans *René*, il bat sa coulpe. Ou, du moins, il s'analyse et se condamne avec complaisance. Il prend conscience de soi. De 1789 à 1917, il n'a pas rencontré sa fin. Sans doute n'a-t-il pas encore fini dans tous les pays que déchirent des contradictions internes — ni dans les autres, s'il en est. Dans le même temps que Ballanche, que Senancour, que Charles Nodier et que bien d'autres, l'auteur de *René* chante ce mal qui l'enchante et, à travers lui, le mal de tous les hommes conscients de leur condition et de leurs aspirations — de la contradiction qu'il y a entre l'une et les autres. De ce point de

---

1. On joue ici, comme le fait le langage vulgaire, sur deux sens du mot *siècle*. *Un enfant du siècle*, c'est un enfant du monde, par opposition aux enfants de Dieu et ce peut être aussi l'enfant d'un siècle déterminé.

vue, le mal du siècle constitue l'esquisse un peu vague,
parce que générale, du *bovarysme*.

Mal étrange, incertain, séduisant parce que mystérieux, que l'auteur, ici, ne distingue pas ou distingue
sans précision des douleurs propres à René. Le *moment*
se fond dans la durée de l'histoire universelle. Ou, si
l'on veut, le sens de l'histoire paraît s'abolir dans une
sorte de philosophie de l'histoire : les aspects durables
de ce mal me sont plus sensibles que ses causes acciden-
telles. Il allait de soi, puisque le temps des intrigues
nous ramène au temps de Louis XIV. Ancien émigré et
nouveau converti, expert, depuis l'*Essai sur les révolutions*, dans l'art des parallèles historiques et des résur-
gences, François-Auguste de Chateaubriand joue, dans
le récit et dans les analyses, un double jeu subtil. Lui
qui, dans l'*Essai*, avait aiguisé son sens du temps (tout
en semblant nier son influence par le biais de quelque
éternel retour) présente ici le passé en fonction du
présent. Les erreurs de René font hommage aux
récentes expatriations. Le dialogue poursuivi, dans les
deux livres, entre le XVIIᵉ et le XVIIIᵉ siècle, c'est, en
vérité, le dialogue de l'ancienne et de la nouvelle France
et la tête de Charles Iᵉʳ n'a roulé ici que par allusion à
celle de Louis XVI.

Comment ne pas discerner, dans les grâces fanées et
les ambiguïtés du récit, un thème historique pathétique
et profond ? Celui de l'écartèlement entre le passé et le
présent, entre le droit et le fait, entre l'ordre et le
désordre, entre la nature et la volonté, entre l'essence et
l'accident. Ainsi en va-t-il de Chactas, pris entre la
patrie et l'Europe. Ainsi de René, entre l'Europe et le
désert. Dans la lignée de tant de lettres persanes,
péruviennes ou autres, *Atala* et *René* disent, beaucoup
mieux que la plupart des mémorialistes (voire des
historiens), la France divisée contre elle-même, coupée
de son passé lointain et proche, incertaine d'un avenir
enfanté dans la douleur et, peut-être, aspirant à
reconstituer quelque unité organique.

Telle est bien l'une des significations de ces petits
livres. Mais l'auteur n'a pas analysé les faits imaginaires
à ce niveau. Il ne montre pas un *substratum* historique et

se contente de nimber les visages d'une auréole brisée d'allusions. L'expérience du présent éclaire l'homme dans sa durée, de même que l'éventail largement ouvert des références bibliques et classiques suffit à prouver que le mal du siècle est celui de tout homme conscient de sa condition, quand les colonnes des temples ont été ébranlées : le Samson révolutionnaire a mis à nu une pathétique fragilité que dissimulaient les structures des églises et des sociétés. Il a rendu l'âme à elle-même...

Une fois de plus, tout se réduit à une contradiction. Pascalienne ? Si l'on veut, mais on est si loin de Pascal ! Le mal de l'homme, c'est que sa vocation ment à sa condition, qu'il aspire à autre chose que lui-même, que ses désirs excèdent ses possibilités, qu'il a trop de noblesse et d'honneur pour acquiescer. Les désordres de l'histoire et de la vie se réduisent au dialogue douloureux du fini et de l'infini. La grâce peut, seule, arracher l'homme à l'ordre du désordre et l'installer dans celui de l'unité, de la plénitude et du calme :

« On m'accuse d'avoir des goûts inconstants, de ne pouvoir jouir longtemps de la même chimère, d'être la proie d'une imagination qui se hâte d'arriver au fond de mes plaisirs, comme si elle était accablée de leur durée ; on m'accuse de passer toujours le but que je puis atteindre : hélas ! je cherche seulement un bien inconnu, dont l'instinct me poursuit. Est-ce ma faute, si je trouve partout des bornes, si ce qui est fini n'a pour moi aucune valeur ? »

Ce que cherche René de pays en pays, ce *bien inconnu* auquel il aspire, c'est Dieu — et c'est pourquoi, précisément, « le chant naturel de l'homme est triste ». Nous campons au-delà de nous-mêmes : de là « cette inquiétude, cette ardeur de désir » qui nous consume et nous rejette ailleurs, toujours. L'*Essai sur les révolutions* avait anticipé, là aussi, sur le *Génie du christianisme* : « Est-ce un instinct indéterminé, un vide intérieur que nous ne saurions remplir, qui nous tourmente ? Je l'ai aussi sentie, cette soif de quelque chose [...] Homme, [est-ce] ta destinée de porter partout un cœur miné d'un désir inconnu ? »

Rousseau, il est vrai, avait déjà tout dit : « Je trouvais

en moi un vide inexplicable que rien n'aurait pu remplir, un certain élancement du cœur vers une autre source de jouissance dont je n'avais pas idée. » De là, tant qu'on n'a pas trouvé Dieu (seul *bouche-trou* adéquat à ce *vide inexplicable*), un irrésistible *taedium vitae* qui, après l'âme, conquiert le corps, restituant à la personne la maladive unité d'un ennui métaphysique :

« Une langueur secrète s'emparait de mon corps. Ce dégoût de la vie que j'avais ressenti dès mon enfance revenait avec une force nouvelle. Bientôt mon cœur ne fournit plus d'aliment à ma pensée, et je ne m'apercevais de mon existence que par un profond sentiment d'ennui. »

LE GÉNIE DU CHRISTIANISME

Du plan de l'esprit à celui du cœur ou, mieux, du plan de la pensée à celui du comportement, *le vague des passions* transpose l'argument ontologique : il faut bien que l'infini soit, puisqu'il me travaille et m'attire. Car enfin *Atala* et *René* tiennent une place dans *le Génie du christianisme*.

Il est facile de s'en étonner : trop de *passions* là-dedans, trop de *vague* aussi. On devine un désaccord entre l'exemple et la leçon. Parti d'une religiosité plutôt confuse, on se trouve embarqué dans une religion positive. Mais quoi ! il faut bien suivre nos personnages et notre auteur : quand les leçons sont tirées, il faut bien les entendre.

Dès les premières heures de son amour pour Atala, Chactas avait « conçu une merveilleuse idée de cette religion qui, dans les forêts, au milieu de toutes les privations de la vie, peut remplir de mille dons les infortunés ; de cette religion qui, opposant sa puissance aux passions, suffit seule pour les vaincre, lorsque tout les favorise, et le secret des bois et l'absence des hommes et la fidélité des ombres ». En dépit des éléments pour ainsi dire antichrétiens du récit, *Atala* fait l'éloge du christianisme civilisateur, libéral, accueillant, qui confère à l'homme désolé la maîtrise de soi en le mettant au service du Maître, qui lui ouvre l'accès des hauts plateaux sereins et qui, enfin, le reçoit, quand l'exige l'état de son âme, en des refuges efficaces. Chactas est d'ailleurs sensible à la « magnificence du culte chrétien ». Chateaubriand, dans sa préface, donne des raisons plus humbles et plus ambitieuses à la fois : « le double but de notre ouvrage, qui est de faire voir comment le génie du christianisme a modifié les arts, la morale, l'esprit, le caractère, et les passions même des peuples modernes, et de montrer quelle prévoyante sagesse a dirigé les institutions chrétiennes, ce double but, disons-nous, se trouve [...] rempli dans l'histoire de René. »

Pour les hommes et les femmes que brûle un amour incertain de son objet, la *prévoyante sagesse* a prévu et institué les indispensables refuges. Le Père Aubry a pu porter à Dieu un cœur torturé par les passions. René a voulu « dérober sa vie aux caprices du sort » et chercher un asile dans « l'un de ces hospices ouverts aux malheureux et aux faibles ». Amélie surtout, qu'afflige un amour incestueux, a choisi de mourir au siècle et de se consacrer à un Dieu qui la protège et qui la sauve.

Que si, pourtant, l'apologie de la religion chrétienne se bornait ici à cet éloge des hospices de l'âme et du cœur, ce serait peu. Il est, plus profondément, une parfaite harmonie entre la présentation des êtres déchirés et celle de la religion. Le salut gît dans le mal : si René souffre et porte un cœur meurtri à travers les civilisations et les déserts, c'est que, *homo viator*, il n'achèvera son voyage qu'à la droite de Dieu. « Dieu travaille ceux qu'il cherche[1]. » Il cherche tous ceux dont il a dessillé les yeux et qui s'effraient de leur apparente désolation. La religion catholique exprime et justifie cette antithèse de la condition et de la vocation à quoi elle propose une synthèse lumineuse, dans les au-delà.

1. Pascal.

LA CONFESSION D'UN ENFANT DU SIÈCLE

Mais je ne suis pas *au-delà*. Avouons que, ici-bas, *Atala* et *René* s'achèvent en prêche. Le charme du sermon réside souvent dans le mal qu'il combat plutôt que dans le bien qu'il présente. Un amour assaisonné de chasteté, un désir abandonné aux caprices de la pudeur, une passion satisfaite dans la mort — tout cela me séduit plus sûrement que les banals discours du Père Aubry. Mais que dire de *René*, sinon *desinit in piscem...*? La leçon finale importe si peu. Le démon s'exprime tout au long de l'œuvre avec une délectable autorité. L'imagination du lecteur évite les voies du salut et suit celles de la perdition qui font du récit un grand poème de la jeunesse et de la mort — un poème vraiment infernal : la pédagogie salvatrice disparaît devant l'expérience humaine du mal. Les charmes d'une orgueilleuse *delectatio morosa* l'emportent sur les séductions de la sagesse. Atala déjà, sœur aînée de René, sans perdre la foi, osait sacrifier l'espérance à une charité particulière. Mais il n'est guère d'excès où le vague des passions ne porte la pensée de René. Le comte de Lautréamont et Arthur Rimbaud respirent dans ces pages brûlantes et vaines, qui recèlent peut-être ce que le XVIIIe siècle pouvait avoir de plus profond à dire. Le voilà, le secret de l'Enchanteur! Le voilà, dans cette complaisante confession, dans cette compatissante autocritique! *Surabondance de vie* et *Solitude* font écho à l'antithèse du *savoir* et du *pouvoir* et célèbrent, dans un heureux désespoir d'adolescent, les noces amères du *plein* et du *vide*. N'est-ce pas la chance de Chateaubriand, que d'avoir vécu une jeunesse chaude et sombre dans l'un de ces moments extrêmes où l'on se désabuse de tout sans avoir joui de grand-chose? Cette présentation de l'*Homo christianus* emprunte son philtre à l'authenticité d'une expérience vécue. Bien sûr, tout n'est pas anecdotiquement exact. Mais qu'importe? l'expérience des cœurs et des rêves a plus de chaleur communicative que celle des corps. Si Chateaubriand n'a point visité tous les déserts qu'il décrit, s'il n'a point connu les situations bizarres où il place René, du moins a-t-il pénétré dans les plaines désolées d'un cœur inutile où s'égare, pathétiquement, profondément, définitivement, son personnage. Dans ces modestes essais d'un jeune homme complaisant à soi-même, les pires aboutissements d'un romantisme exacerbé font entendre déjà leur insidieuse mélodie. Le livre finit par un sermon? Oui, mais qu'importe la leçon, pourvu qu'on ait eu l'ivresse? S'il est vain de chercher à percer les secrets de l'Enchanteur, le plus subtil pourrait être cette sorte d'*authenticité* dans l'expérience démoniaque de l'adolescence, ce « désir d'éprouver un malheur, pour avoir du moins un objet réel de souffrance », ce besoin révélateur d'aimer « une Ève tirée de *soi*-même » ou bien cette rage de briser, de casser, de détruire tout pour rouler « d'abîme en abîme avec les débris de Dieu et du monde ».

Printemps du romantisme noir, pressentiment des pires frénésies, jeu double de l'artificiel et de l'authentique, grâces étudiées d'une chatte dont la grâce échappe à l'étude : il est, dans *Atala* et dans *René*, malgré Homère entassé sur Ossian, les puérilités du parler sauvage et tant d'images abusives, un bonheur inattendu de l'expression, presque toujours adéquate. Il ne faut pas lire, mais relire : on découvre alors la justesse dans le mouvement plutôt que dans les mots ou bien dans cette puissance presque neuve qui fait de chaque chose un signe et installe une séduction dans l'ambiguïté, entre l'abstrait et le concret — au-delà de leur opposition stérile, ou, mieux, en deçà : dans une expérience intime.

Pierre REBOUL

NOTE

SUR LA COMPOSITION
D'ATALA ET DE RENÉ

Les témoignages recueillis (Chateaubriand lui-même, Mallet du Pan fils, le comte de Montlosier) sont bien postérieurs aux faits. Dès son séjour en Amérique (avril-décembre 1791), Chateaubriand a pris des notes et écrit un nombre indéterminé de pages destinées à ce que nous connaissons sous le nom des *Natchez*. C'est ainsi qu'il a pu dire avoir lu *Atala* à Malesherbes à son retour en France. Je retiens qu'il avait écrit une œuvre d'esprit différent (*philosophique* et non chrétien) — de laquelle il serait hardi de parler et qui, de toute façon, demeurait incomplète. Ce manuscrit, peu après son émigration (15 juillet 1792), l'aurait protégé contre les balles au siège de Thionville : manuscrit d'*Atala*, des *Natchez*, du *Voyage en Amérique*... Durant son long séjour en Angleterre (Londres, Beccles, Bungay, Londres), Chateaubriand a l'occasion de converser avec le Révérend John Ives, ancien missionnaire en Amérique — ainsi qu'avec Mme de Belloy, charmante créole. Il a l'occasion de lire un très grand nombre d'ouvrages : ceux qu'il utilise dans *Atala*. Il travaille énormément, écrit et publie l'*Essai sur les révolutions* (1797), reprend son épopée, en donne des lectures et entreprend une première rédaction et la publication du *Génie*. Sous différentes influences, qu'on ne peut évoquer ici, il s'est, en effet, converti. Quand il rentre en France, il publie *Atala* à part (2 avril 1801), après en avoir modifié la conclusion sur l'avis de son ami Fontanes.

Au total, en ce qui concerne *Atala*, une œuvre conçue en Amérique, reprise et « documentée » en Angleterre, modifiée à Londres sans doute et de nouveau en France en fonction de la conversion.

René paraît se rapporter avant tout au séjour à Londres — à l'expérience désespérée de la déréliction dont l'*Essai sur les révolutions* a laissé une admirable peinture. Cela dit, j'admettrais volontiers, cependant, que Chateaubriand n'a pas entrepris *René* dans les pires moments de son séjour, mais à titre de retour en arrière, d'exploitation du passé après la publication de l'*Essai* dont certaines pages paraissent antérieures. Il n'a pas publié cette confession contrôlée à part, mais dans *le Génie*, à titre d'exemple du *vague des passions* (24 avril 1802). En 1805, il a donné une édition commune d'*Atala* et de *René*, chez Le Normant.

P. R.

PRÉFACES D'ATALA

LETTRE PUBLIÉE

dans *le Journal des Débats*
et dans *le Publiciste*

Citoyen, dans mon ouvrage sur *le Génie du Christianisme*, ou *les Beautés poétiques et morales de la Religion chrétienne*, il se trouve une section entière consacrée à la *poétique du Christianisme*. Cette section se divise en trois parties : poésie, beaux-arts, littérature. Ces trois parties sont terminées par une quatrième, sous le titre d'*Harmonies de la Religion, avec les scènes de la nature et les passions du cœur humain.* Dans cette partie j'examine plusieurs sujets qui n'ont pu entrer dans les précédentes, tels que les effets des ruines gothiques, comparées aux autres sortes de ruines, les sites des monastères dans les solitudes, le côté poétique de cette religion populaire, qui plaçait des croix aux carrefours des chemins dans les forêts, qui mettait des images de vierges et de saints à la garde des fontaines et des vieux ormeaux ; qui croyait aux pressentiments et aux fantômes, etc., etc. Cette partie est terminée par une anecdote extraite de mes voyages en Amérique, et écrite sous les huttes mêmes des Sauvages. Elle est intitulée : *Atala, etc.* Quelques épreuves de cette petite histoire s'étant trouvées égarées, pour prévenir un accident qui me causerait un tort infini, je me vois obligé de la publier à part, avant mon grand ouvrage.

Si vous vouliez, citoyen, me faire le plaisir de publier ma lettre, vous me rendriez un important service.

J'ai l'honneur d'être, etc.

PRÉFACE

DE LA

PREMIÈRE ÉDITION

On voit par la lettre précédente, ce qui a donné lieu à la publication d'*Atala* avant mon ouvrage sur le *Génie du Christianisme*, ou *les Beautés poétiques et morales de la Religion chrétienne*, dont elle fait partie. Il ne me reste plus qu'à rendre compte de la manière dont cette petite histoire a été composée.

J'étais encore très jeune, lorsque je conçus l'idée de faire l'*épopée de l'homme de la nature*, ou de peindre les mœurs des Sauvages, en les liant à quelque événement connu. Après la découverte de l'Amérique, je ne vis pas de sujet plus intéressant, surtout pour des Français, que le massacre de la colonie des Natchez à la Louisiane, en 1727. Toutes les tribus indiennes conspirant, après deux siècles d'oppression, pour rendre la liberté au Nouveau-Monde, me parurent offrir au pinceau un sujet presque aussi heureux que la conquête du Mexique. Je jetai quelques fragments de cet ouvrage sur le papier; mais je m'aperçus bientôt que je manquais des vraies couleurs, et que si je voulais faire une image semblable, il fallait, à l'exemple d'Homère, visiter les peuples que je voulais peindre.

En 1789, je fis part à M. de Malesherbes du dessein que j'avais de passer en Amérique. Mais désirant en même temps donner un but utile à mon voyage, je formai le dessein de découvrir par terre le *passage* tant cherché, et sur lequel Cook même avait laissé des doutes. Je partis, je vis les solitudes américaines, et je revins avec des plans pour un autre voyage, qui devait durer neuf ans. Je me proposais de traverser tout le continent de l'Amérique septentrionale, de remonter ensuite le long des côtes, au nord de la Californie, et de revenir par la baie d'Hudson, en tournant sous le pôle. Si je n'eusse pas péri dans ce second voyage, j'aurais pu faire des découvertes importantes pour les sciences et utiles à mon pays. M. de Malesherbes se chargea de présenter mes plans au Gouvernement; et ce fut alors qu'il entendit les premiers fragments du petit ouvrage, que je donne aujourd'hui au public. On sait ce qu'est devenue la France, jusqu'au moment où la Providence a fait paraître un de ces hommes qu'elle envoie en signe de réconciliation, lorsqu'elle est lassée de punir. Couvert du sang de mon frère unique, de ma belle-sœur, de celui de l'illustre vieillard leur père; ayant vu ma mère et une autre sœur pleine de talents mourir des suites du traitement qu'elles avaient éprouvé dans les cachots, j'ai erré sur les terres étrangères, où le seul ami que j'eusse conservé s'est poignardé dans mes bras[1].

De tous mes manuscrits sur l'Amérique, je n'ai sauvé que quelques fragments, en particulier *Atala*, qui n'était qu'un épisode des *Natchez*. *Atala* a été écrite dans le désert et sous les huttes des Sauvages. Je ne sais

---

1. Nous avions été tous deux cinq jours sans nourriture, et les principes de la perfectibilité humaine nous avaient démontré qu'un peu d'eau puisée dans le creux de la main à la fontaine publique, suffit pour soutenir la vie d'un homme aussi longtemps. Je désire fort que cette expérience soit favorable au progrès des lumières; mais j'avoue que je l'ai trouvée dure.

Tandis que toute ma famille était ainsi massacrée, emprisonnée et bannie, une de mes sœurs, qui devait sa liberté à la mort de son mari, se trouvait à Fougères, petite ville de Bretagne. L'armée royaliste arrive; huit cents hommes de l'armée républicaine sont pris et condamnés à être fusillés. Ma sœur se jette aux pieds de la Roche-Jacquelin et obtient la grâce des prisonniers. Aussitôt elle vole à Rennes; elle se présente au tribunal révolutionnaire avec les certificats qui prouvent qu'elle a sauvé la vie à huit cents hommes. Elle demande pour seule récompense qu'on mette ses sœurs en liberté. Le président du tribunal lui répond. *Il faut que tu sois une coquine de royaliste que je ferai guillotiner, puisque les brigands ont tant de déférence à tes prières. D'ailleurs, la république ne te sait aucun gré de ce que tu as fait : elle n'a que trop de défenseurs, et elle manque de pain.* Et voilà les hommes dont Bonaparte a délivré la France. (*Note de Chateaubriand.*)

si le public goûtera cette histoire qui sort de toutes les routes connues, et qui présente une nature et des mœurs tout à fait étrangères à l'Europe. Il n'y a point d'aventures dans *Atala*. C'est une sorte de poème[1], moitié descriptif, moitié dramatique : tout consiste dans la peinture de deux amants qui marchent et causent dans la solitude; tout gît dans le tableau des troubles de l'amour, au milieu du calme des déserts et du calme de la religion. J'ai donné à ce petit ouvrage les formes les plus antiques; il est divisé en *prologue, récit* et *épilogue*. Les principales parties du récit prennent une dénomination, comme les *chasseurs*, les *laboureurs*, etc.; et c'était ainsi que dans les premiers siècles de la Grèce, les Rhapsodes chantaient, sous divers titres, les fragments de l'*Iliade* et de l'*Odyssée*. Je ne dissimule point que j'ai cherché l'extrême simplicité de fond et de style, la partie descriptive exceptée; encore est-il vrai que, dans la description même, il est une manière d'être à la fois pompeux et simple. Dire ce que j'ai tenté, n'est pas dire ce que j'ai fait. Depuis longtemps je ne lis plus qu'Homère et la Bible; heureux si l'on s'en aperçoit, et si j'ai fondu dans les teintes du désert et dans les sentiments particuliers à mon cœur, les couleurs de ces deux grands et éternels modèles du beau et du vrai.

Je dirai encore que mon but n'a pas été d'arracher beaucoup de larmes; il me semble que c'est une dangereuse erreur, avancée, comme tant d'autres, par M. de Voltaire, *que les bons ouvrages sont ceux qui font le plus pleurer*. Il y a tel drame dont personne ne voudrait être l'auteur, et qui déchire le cœur bien autrement que l'*Enéide*. On n'est point un grand écrivain parce qu'on met l'âme à la torture. Les vraies larmes sont celles que fait couler une belle poésie; il faut qu'il s'y mêle autant d'admiration que de douleur.

---

1. Dans un temps où tout est perverti en littérature, je suis obligé d'avertir que si je me sers ici du mot poème, c'est faute de savoir comment me faire entendre. Je ne suis point un de ces barbares qui confondent la prose et les vers. Le poète, quoi qu'on en dise, est toujours l'homme par excellence; et des volumes entiers de prose descriptive ne valent pas cinquante beaux vers d'Homère, de Virgile ou de Racine. (*Note de Chateaubriand.*)

C'est Priam disant à Achille :

Ἀνδρός παιδοφόνοιο ποτί στόμα χεῖρ' ὀρέγεσθαι.

Juge de l'excès de mon malheur, puisque je baise la main qui a tué mes fils.

C'est Joseph s'écriant :

Ego sum Joseph, frater vester, quem vendidistis in Ægyptum.

Je suis Joseph, votre frère, que vous avez vendu pour l'Egypte.

Voilà les seules larmes qui doivent mouiller les cordes de la lyre, et en attendrir les sons. Les muses sont des femmes célestes qui ne défigurent point leurs traits par des grimaces ; quand elles pleurent, c'est avec un secret dessein de s'embellir.

Au reste, je ne suis point comme M. Rousseau, un enthousiaste des Sauvages ; et quoique j'aie peut-être autant à me plaindre de la société que ce philosophe avait à s'en louer, je ne crois point que la *pure nature* soit la plus belle chose du monde. Je l'ai toujours trouvée fort laide, partout où j'ai eu l'occasion de la voir. Bien loin d'être d'opinion que l'homme qui pense soit un *animal dépravé*, je crois que c'est la pensée qui fait l'homme. Avec ce mot de *nature*, on a tout perdu. De là les détails fastidieux de mille romans où l'on décrit jusqu'au bonnet de nuit, et à la robe de chambre ; de là ces drames infâmes, qui ont succédé aux chefs-d'œuvre des Racine. Peignons la nature, mais la belle nature : l'art ne doit pas s'occuper de l'imitation des monstres.

Les moralités que j'ai voulu faire dans *Atala* étant faciles à découvrir, et se trouvant résumées dans l'épilogue, je n'en parlerai point ici ; je dirai seulement un mot de mes personnages.

Atala, comme *Philoctète*, n'a que trois personnages. On trouvera peut-être dans la femme que j'ai cherché à peindre, un caractère assez nouveau. C'est une chose qu'on n'a pas assez développée, que les contrariétés du cœur humain : elles mériteraient d'autant plus de l'être, qu'elles tiennent à l'antique tradition d'une dégradation originelle, et que conséquemment elles ouvrent des vues profondes sur tout ce qu'il y a de grand et de mystérieux dans l'homme et son histoire.

Chactas, l'amant d'*Atala*, est un Sauvage, qu'on suppose né avec du génie, et qui est plus qu'à moitié civilisé, puisque non seulement il sait les langues vivantes, mais encore les langues mortes de l'Europe. Il doit donc s'exprimer dans un style mêlé, convenable à la ligne sur laquelle il marche, entre la société et la nature. Cela m'a donné de grands avantages, en le faisant parler en Sauvage dans la peinture des mœurs, et en Européen dans le drame et la narration. Sans cela il eût fallu renoncer à l'ouvrage : si je m'étais toujours servi du style indien, *Atala* eût été de l'hébreu pour le lecteur.

Quant au missionnaire, j'ai cru remarquer que ceux qui jusqu'à présent ont mis le prêtre en action, en ont fait ou un scélérat fanatique, ou une espèce de philosophe. Le *P. Aubry* n'est rien de tout cela. C'est un simple chrétien qui parle sans rougir *de la croix, du sang de son divin maître, de la chair corrompue*, etc., en un mot, c'est le prêtre tel qu'il est. Je sais qu'il est difficile de peindre un pareil caractère aux yeux de certaines gens, sans toucher au ridicule. Si je n'attendris pas, je ferai rire : on en jugera.

Après tout, si l'on examine ce que j'ai fait entrer dans un si petit cadre, si l'on considère qu'il n'y a pas une circonstance intéressante des mœurs des Sauvages que je n'aie touchée, pas un bel effet de la nature, pas un beau site de la Nouvelle-France que je n'aie décrit ; si l'on observe que j'ai placé auprès du peuple chasseur un tableau complet du peuple agricole, pour montrer les avantages de la vie sociale sur la vie sauvage ; si l'on fait attention aux difficultés que j'ai dû trouver à soutenir l'intérêt dramatique entre deux seuls personnages, pendant toute une longue peinture de mœurs, et de nombreuses descriptions de paysages ; si l'on remarque enfin que dans la catastrophe même, je me suis privé de tout secours, et n'ai tâché de me soutenir, comme les anciens, que par la force du dialogue : ces considérations me mériteront peut-être quelque indulgence de la part du lecteur. Encore une fois, je ne me flatte point d'avoir réussi; mais on doit toujours savoir gré à un écrivain qui s'efforce de rappeler la littérature à ce goût antique, trop oublié de nos jours.

Il me reste une chose à dire; je ne sais par quel hasard une lettre de moi, adressée au citoyen Fontanes, a excité l'attention du public beaucoup plus que je ne m'y attendais. Je croyais que quelques lignes d'un auteur inconnu passeraient sans être aperçues; je me suis trompé. Les papiers publics ont bien voulu parler de cette lettre, et on m'a fait l'honneur de m'écrire, à moi personnellement, et à mes amis, des pages de compliments et d'injures. Quoique j'aie été moins étonné des dernières que des premiers, je pensais n'avoir mérité ni les unes, ni les autres. En réfléchissant sur ce caprice du public, qui a fait attention à une chose de si peu de valeur, j'ai pensé que cela pouvait venir du titre de mon grand ouvrage : *Génie du Christianisme*, etc. On s'est peut-être figuré qu'il s'agissait d'une affaire de parti, et que je dirais dans ce livre beaucoup de mal à la révolution et aux philosophes.

Il est sans doute permis à présent, sous un gouvernement qui ne proscrit aucune opinion paisible, de prendre la défense du Christianisme, comme sujet de morale et de littérature. Il a été un temps où les adversaires de cette religion avaient seuls le droit de parler. Maintenant la lice est ouverte, et ceux qui pensent que le Christianisme est poétique et moral peuvent le dire tout haut, comme les philosophes peuvent soutenir le contraire. J'ose croire que si le grand ouvrage que j'ai entrepris, et qui ne tardera pas à paraître, était traité par une main plus habile que la mienne, la question serait décidée sans retour.

Quoi qu'il en soit, je suis obligé de déclarer qu'il n'est pas question de la révolution dans le *Génie du Christianisme*; et que je n'y parle le plus souvent que d'auteurs morts; quant aux auteurs vivants qui s'y trouvent nommés, ils n'auront pas lieu d'être mécontents : en général, j'ai gardé une mesure, que, selon toutes les apparences, on ne gardera pas envers moi.

On m'a dit que la femme célèbre, dont l'ouvrage formait le sujet de ma lettre, s'est plaint *(sic)* d'un passage de cette lettre. Je prendrai la liberté d'observer que ce n'est pas moi qui ai employé le premier l'arme que l'on me reproche, et qui m'est odieuse. Je n'ai fait que repousser le coup qu'on portait à un homme dont je fais profession d'admirer les talents, et d'aimer tendrement la personne. Mais dès lors que j'ai offensé, j'ai été trop loin; qu'il soit donc tenu pour effacé ce passage. Au reste, quand on a l'existence brillante et les beaux talents de Mme de Staël, on doit oublier facilement les petites blessures que peut nous faire un solitaire, et un homme aussi ignoré que je le suis.

Pour dire un dernier mot sur *Atala* : si, par un dessein de la plus haute politique, le gouvernement français songeait un jour à redemander le Canada à l'Angleterre, ma description de la Nouvelle-France prendrait un nouvel intérêt. Enfin, le sujet d'*Atala* n'est pas tout de mon invention; il est certain qu'il y a eu un Sauvage aux galères et à la cour de Louis XIV; il est certain qu'un missionnaire français a fait les choses que j'ai rapportées; il est certain que j'ai trouvé des Sauvages emportant les os de leurs aïeux, et une jeune mère exposant le corps de son enfant sur les branches d'un arbre; quelques autres circonstances aussi sont véritables : mais comme elles ne sont pas d'un intérêt général, je suis dispensé d'en parler.

AVIS SUR LA
TROISIÈME ÉDITION

(1801)

J'ai profité de toutes les critiques pour rendre ce petit ouvrage plus digne des succès qu'il a obtenus. J'ai eu le bonheur de voir que la vraie philosophie et la vraie religion sont une et même chose ; car des personnes fort distinguées, qui ne pensent pas comme moi sur le Christianisme, ont été les premières à faire la fortune d'*Atala*. Ce seul fait répond à ceux qui voudraient faire croire que la *vogue* de cette anecdote indienne, est une affaire de parti. Cependant j'ai été amèrement, pour ne pas dire grossièrement censuré ; on a été jusqu'à tourner en ridicule cette apostrophe aux Indiens[1] :

« Indiens infortunés, que j'ai vus errer dans les déserts du Nouveau-Monde avec les cendres de vos aïeux ; vous qui m'aviez donné l'hospitalité, malgré votre misère ! Je ne pourrais vous l'offrir aujourd'hui, car j'erre, ainsi que vous, à la merci des hommes, et moins heureux dans mon exil, je n'ai point emporté les os de mes pères. »

C'est sur la dernière phrase de cette apostrophe que tombe la remarque du critique. Les cendres de ma famille, confondues avec celles de M. de Malesherbes ; six ans d'exil et d'infortunes, ne lui ont offert qu'un sujet de plaisanterie. Puisse-t-il n'avoir jamais à regretter les tombeaux de ses pères !

1. *Décade philosophique*, n° 22, dans une note. *(Note de Chateaubriand.)*

Au reste, il est facile de concilier les divers jugements qu'on a portés d'*Atala* : ceux qui m'ont blâmé, n'ont songé qu'à mes talents; ceux qui m'ont loué, n'ont pensé qu'à mes malheurs.

P.S. — J'apprends dans le moment qu'on vient de découvrir à Paris une contrefaçon des deux premières éditions d'*Atala*, et qu'il s'en fait plusieurs autres à Nancy et à Strasbourg. J'espère que le public voudra bien n'acheter ce petit ouvrage que chez *Migneret* et à l'ancienne Librairie de *Dupont*.

AVIS SUR LA QUATRIÈME ÉDITION

(1801)

Depuis quelque temps, il a paru de nouvelles critiques d'*Atala*. Je n'ai pas pu en profiter dans cette quatrième édition. Les avis qu'on m'a fait l'honneur de m'adresser, exigeaient trop de changements, et le public semble maintenant accoutumé à ce petit ouvrage, avec tous ses défauts. Cette quatrième édition est donc parfaitement semblable à la troisième. J'ai seulement rétabli dans quelques endroits le texte des deux premières.

PRÉFACE D'ATALA

(1805)

L'indulgence avec laquelle on a bien voulu accueillir mes ouvrages, m'a imposé la loi d'obéir au goût du public, et de céder au conseil de la critique.

Quant au premier, j'ai mis tous mes soins à le satisfaire. Des personnes chargées de l'instruction de la jeunesse, ont désiré avoir une édition du *Génie du Christianisme*, qui fût dépouillée de cette partie de l'Apologie, uniquement destinée aux gens du monde : malgré la répugnance naturelle que j'avais à mutiler mon ouvrage, et ne considérant que l'utilité publique, j'ai publié l'abrégé que l'on attendait de moi.

Une autre classe de lecteurs demandait une édition séparée des deux épisodes de l'ouvrage : je donne aujourd'hui cette édition.

Je dirai maintenant ce que j'ai fait relativement à la critique.

Je me suis arrêté pour le *Génie du Christianisme* à des idées différentes de celles que j'ai adoptées pour ses épisodes.

Il m'a semblé d'abord que par égard pour les personnes qui ont acheté les premières éditions, je ne devais faire, du moins à présent, aucun changement notable à un livre qui se vend aussi cher que le *Génie du Christianisme*. L'amour-propre et l'intérêt ne m'ont pas paru des raisons assez bonnes, même dans ce siècle, pour manquer à la délicatesse.

En second lieu, il ne s'est pas écoulé assez de temps

depuis la publication du *Génie du Christianisme*, pour
que je sois parfaitement éclairé sur les défauts d'un
ouvrage de cette étendue. Où trouverais-je la vérité
parmi une foule d'opinions contradictoires ? L'un vante
mon sujet aux dépens de mon style ; l'autre approuve
mon style et désapprouve mon sujet. Si l'on m'assure,
d'une part, que le *Génie du Christianisme* est un monument à jamais mémorable pour la main qui l'éleva, et
pour le commencement du XIXe siècle[1] ; de l'autre, on a
pris soin de m'avertir, un mois ou deux après la
publication de l'ouvrage, que les critiques venaient trop
tard, puisque cet ouvrage était déjà oublié[2].

Je sais qu'un amour-propre plus affermi que le mien
trouverait peut-être quelques motifs d'espérance pour
se rassurer contre cette dernière assertion. Les éditions
du *Génie du Christianisme* se multiplient, malgré les
circonstances qui ont ôté à la cause que j'ai défendue, le
puissant intérêt du malheur. L'ouvrage, si je ne
m'abuse, paraît même augmenter d'estime dans l'opinion publique à mesure qu'il vieillit, et il semble que
l'on commence à y voir autre chose qu'un ouvrage de
pure imagination. Mais à Dieu ne plaise que je prétende
persuader de mon faible mérite ceux qui ont sans doute
de bonnes raisons pour ne pas y croire. Hors la religion
et l'honneur, j'estime trop peu de choses dans le
monde, pour ne pas souscrire aux arrêts de la critique la
plus rigoureuse. Je suis si peu aveuglé par quelques
succès, et si loin de regarder quelques éloges comme un
jugement définitif en ma faveur, que je n'ai pas cru
devoir mettre la dernière main à mon ouvrage. J'atten-
drai encore, afin de laisser le temps aux préjugés de se
calmer, à l'esprit de parti de s'éteindre ; alors l'opinion
qui se sera formée sur mon livre sera sans doute la
véritable opinion ; je saurai ce qu'il faudra changer au
Génie du Christianisme, pour le rendre tel que je désire
le laisser après moi, s'il me survit.

Mais si j'ai résisté à la censure dirigée contre
l'ouvrage entier par les raisons que je viens de déduire,

1. M. de Fontanes. *(Note de Chateaubriand.)*
2. M. Guinguené. *(Note de Chateaubriand.)*

j'ai suivi pour *Atala*, prise séparément, un système absolument opposé. Je n'ai pu être arrêté dans les corrections, ni par la considération du prix du livre, ni par celle de la longueur de l'ouvrage. Quelques années ont été plus que suffisantes pour me faire connaître les endroits faibles ou vicieux de cet épisode. Docile sur ce point à la critique, jusqu'à me faire reprocher mon trop de facilité, j'ai prouvé à ceux qui m'attaquaient que je ne suis jamais volontairement dans l'erreur, et que dans tous les temps et sur tous les sujets, je suis prêt à céder à des lumières supérieures aux miennes. *Atala* a été réimprimée onze fois : cinq fois séparément, et six fois dans le *Génie du Christianisme*; si l'on confrontait ces onze éditions, à peine en trouverait-on deux tout à fait semblables.

La douzième que je publie aujourd'hui, a été revue avec le plus grand soin. J'ai consulté des *amis prompts à me censurer*; j'ai pesé chaque phrase, examiné chaque mot. Le style, dégagé des épithètes qui l'embarrassaient, marche peut-être avec plus de naturel et de simplicité. J'ai mis plus d'ordre et de suite dans quelques idées; j'ai fait disparaître jusqu'aux moindres incorrections de langage. M. de la Harpe me disait au sujet d'*Atala* : « Si vous voulez vous enfermer avec moi seulement quelques heures, ce temps nous suffira pour effacer les taches qui font crier si haut vos censeurs. » J'ai passé quatre ans à revoir cet épisode, mais aussi il est tel qu'il doit rester. C'est la seule *Atala* que je reconnaîtrai à l'avenir.

Cependant il y a des points sur lesquels je n'ai pas cédé entièrement à la critique. On a prétendu que quelques sentiments exprimés par le P. Aubry renfermaient une doctrine désolante. On a, par exemple, été révolté de ce passage (nous avons aujourd'hui tant de sensibilité!) :

« Que dis-je! ô vanité des vanités! Que parlé-je de la puissance des amitiés de la terre! Voulez-vous, ma chère fille, en connaître l'étendue? Si un homme revenait à la lumière quelques années après sa mort, je doute qu'il fût revu avec joie par ceux-là même qui ont donné le plus de larmes à sa mémoire : tant on forme vite d'autres liaisons, tant on prend facilement d'autres habitudes, tant l'inconstance est naturelle à l'homme, tant notre vie est peu de chose même dans le cœur de nos amis ! »

Il ne s'agit pas de savoir si ce sentiment est pénible à avouer, mais s'il est vrai et fondé sur la commune expérience. Il serait difficile de ne pas en convenir. Ce n'est pas surtout chez les Français que l'on peut avoir la prétention de ne rien oublier. Sans parler des morts dont on ne se souvient guère, que de vivants sont revenus dans leurs familles et n'y ont trouvé que l'oubli, l'humeur et le dégoût ! D'ailleurs quel est ici le but du P. Aubry ? N'est-ce pas d'ôter à Atala tout regret d'une existence qu'elle vient de s'arracher volontaire-ment, et à laquelle elle voudrait en vain revenir ? Dans cette intention, le missionnaire, en exagérant même à cette infortunée les maux de la vie, ne ferait encore qu'un acte d'humanité. Mais il n'est pas nécessaire de recourir à cette explication. Le P. Aubry exprime une chose malheureusement trop vraie. S'il ne faut pas calomnier la nature humaine, il est aussi très inutile de la voir meilleure qu'elle ne l'est en effet.

Le même critique, M. l'abbé Morellet, s'est encore élevé contre cette autre pensée, comme fausse et para-doxale :

« Croyez-moi, mon fils, les douleurs ne sont point éternelles ; il faut tôt ou tard qu'elles finissent, parce que le cœur de l'homme est fini. C'est une de nos grandes misères : nous ne sommes pas même capables d'être longtemps malheureux. »

Le critique prétend que cette sorte d'incapacité de l'homme pour la douleur est au contraire un des grands biens de la vie. Je ne lui répondrai pas que si cette réflexion est vraie, elle détruit l'observation qu'il a faite sur le premier passage du discours du P. Aubry. En effet, ce serait soutenir, d'un côté, que l'on n'oublie jamais ses amis ; et de l'autre, qu'on est très heureux de n'y plus penser. Je remarquerai seulement que l'habile grammairien me semble ici confondre les mots. Je n'ai pas dit : « C'est une de nos grandes *infortunes* » ; ce qui serait faux, sans doute ; mais : « C'est une de nos

grandes *misères* », ce qui est très vrai. Eh! qui ne sent
que cette impuissance où est le cœur de l'homme de
nourrir longtemps un sentiment, même celui de la
douleur, est la preuve la plus complète de sa stérilité, de
son indigence, de sa *misère?* M. l'abbé Morellet paraît
faire, avec beaucoup de raison, un cas infini du bon
sens, du jugement, du naturel. Mais suit-il toujours
dans la pratique la théorie qu'il professe? Il serait assez
singulier que ses idées riantes sur l'homme et sur la vie,
me donnassent le droit de le soupçonner, à mon tour,
de porter dans ses sentiments l'exaltation et les illusions
de la jeunesse.

La nouvelle nature et les mœurs nouvelles que j'ai
peintes, m'ont attiré encore un autre reproche peu
réfléchi. On m'a cru l'inventeur de quelques détails
extraordinaires, lorsque je rappelais seulement des
choses connues de tous les voyageurs. Des notes ajou-
tées à cette édition d'*Atala* m'auraient aisément justifié;
mais s'il en avait fallu mettre dans tous les endroits où
chaque lecteur pouvait en avoir besoin, elles auraient
bientôt surpassé la longueur de l'ouvrage. J'ai donc
renoncé à faire des notes. Je me contenterai de trans-
crire ici un passage de la *Défense du Génie du Christianisme*. Il s'agit des ours enivrés de raisin, que les doctes
censeurs avaient pris pour une gaîté de mon imagination. Après avoir cité des autorités respectables et le
témoignage de Carver, Bartram, Imley, Charlevoix,
j'ajoute : « Quand on trouve dans un auteur une circonstance qui ne fait pas beauté en elle-même, et qui ne
sert qu'à donner de la ressemblance au tableau; si cet
auteur a d'ailleurs montré quelque sens commun, il
serait assez naturel de supposer qu'il n'a pas inventé
cette circonstance, et qu'il n'a fait que rapporter une
chose réelle, bien qu'elle ne soit pas très connue. Rien
n'empêche qu'on ne trouve *Atala* une méchante pro-
duction; mais j'ose dire que la nature américaine y est
peinte avec la plus scrupuleuse exactitude. C'est une
justice que lui rendent tous les voyageurs qui ont visité
la Louisiane et les Florides. Les deux traductions
anglaises d'*Atala* sont parvenues en Amérique; les
papiers publics ont annoncé, en outre, une troisième

traduction publiée à Philadelphie avec succès ; si les tableaux de cette histoire eussent manqué de vérité, auraient-ils réussi chez un peuple qui pouvait dire à chaque pas : « Ce ne sont pas là nos fleuves, nos montagnes, nos forêts. » Atala est retournée au désert, et il semble que sa patrie l'ait reconnue pour véritable enfant de la solitude[1]. »

René, qui accompagne *Atala* dans la présente édition, n'avait point encore été imprimé à part. Je ne sais s'il continuera d'obtenir la préférence que plusieurs personnes lui donnent sur *Atala*. Il fait suite naturelle à cet épisode, dont il diffère néanmoins par le style et par le ton. Ce sont à la vérité les mêmes lieux et les mêmes personnages, mais ce sont d'autres mœurs et un autre ordre de sentiments et d'idées. Pour toute préface, je citerai encore les passages du *Génie du Christianisme* et de la *Défense*, qui se rapportent à *René*.

Extrait du *Génie du Christianisme*, IIe Partie, Liv. III, Chap. ix, intitulé : « *Du Vague des Passions.* »

« Il reste à parler d'un état de l'âme, qui, ce nous semble, n'a pas encore été bien observé : c'est celui qui précède le développement des grandes passions, lorsque toutes les facultés, jeunes, actives, entières, mais renfermées, ne se sont exercées que sur elles-mêmes, sans but et sans objet. Plus les peuples avancent en civilisation, plus cet état du *vague* des passions augmente ; car il arrive alors une chose fort triste : le grand nombre d'exemples qu'on a sous les yeux, la multitude de livres qui traitent de l'homme et de ses sentiments, rendent habile, sans expérience. On est détrompé sans avoir joui ; il reste encore des désirs, et l'on n'a plus d'illusions. L'imagination est riche, abondante et merveilleuse, l'existence pauvre, sèche et désenchantée. On habite, avec un cœur plein, un monde vide ; et sans avoir usé de rien, on est désabusé de tout.

« L'amertume que cet état de l'âme répand sur la vie,

---

1. *Défense du Génie du Christianisme.* (Note de Chateaubriand.)

est incroyable ; le cœur se retourne et se replie en cent manières, pour employer des forces qu'il sent lui être inutiles. Les Anciens ont peu connu cette inquiétude secrète, cette aigreur des passions étouffées qui fermentent toutes ensemble : une grande existence politique, les jeux du gymnase et du champ de Mars, les affaires du forum et de la place publique, remplissaient tous leurs moments, et ne laissaient aucune place aux ennuis du cœur.

« D'une autre part, ils n'étaient pas enclins aux exagérations, aux espérances, aux craintes sans objet, à la mobilité des idées et des sentiments, à la perpétuelle inconstance, qui n'est qu'un dégoût constant : dispositions que nous acquérons dans la société intime des femmes. Les femmes, chez les peuples modernes, indépendamment de la passion qu'elles inspirent, influent encore sur tous les autres sentiments. Elles ont dans leur existence un certain abandon qu'elles font passer dans la nôtre ; elles rendent notre caractère d'homme moins décidé ; et nos passions, amollies par le mélange des leurs, prennent à la fois quelque chose d'incertain et de tendre.

« Enfin, les Grecs et les Romains, n'étendant guère leurs regards au-delà de la vie, et ne soupçonnant point des plaisirs plus parfaits que ceux de ce monde, n'étaient point portés, comme nous, aux rêveries et aux désirs par le caractère de leur religion. C'est dans le génie du Christianisme qu'il faut surtout chercher la raison de ce *vague* des sentiments répandu chez les hommes modernes. Formée pour nos misères et pour nos besoins, la religion chrétienne nous offre sans cesse le double tableau des chagrins de la terre et des joies célestes, et par ce moyen elle a fait dans le cœur une source de maux présents et d'espérances lointaines, d'où découlent d'inépuisables rêveries. Le chrétien se regarde toujours comme un voyageur qui passe ici bas dans une vallée de larmes, et qui ne se repose qu'au tombeau. Le monde n'est point l'objet de ses vœux, car il sait que l'*homme vit peu de jours*, et que cet objet lui échapperait vite.

« Les persécutions qu'éprouvèrent les premiers

fidèles augmentèrent en eux ce dégoût des choses de la vie. L'invasion des Barbares y mit le comble, et l'esprit humain en reçut une impression de tristesse, et peut-être même une légère teinte de misanthropie, qui ne s'est jamais bien effacée. De toutes parts s'élevèrent des couvents, où se retirèrent des malheureux trompés par le monde, ou des âmes qui aimaient mieux ignorer certains sentiments de la vie, que de s'exposer à les voir cruellement trahis. Une prodigieuse mélancolie fut le fruit de cette vie monastique; et ce sentiment, qui est d'une nature un peu confuse, en se mêlant à tous les autres, leur imprima son caractère d'incertitude. Mais en même temps, par un effet bien remarquable, le vague même où la mélancolie plonge les sentiments, est ce qui la fait renaître; car elle s'engendre au milieu des passions, lorsque ces passions, sans objet, se consument d'elles-mêmes dans un cœur solitaire.

« Il suffirait de joindre quelques infortunes à cet état indéterminé des passions, pour qu'il pût servir de fond à un drame admirable. Il est étonnant que les écrivains modernes n'aient pas encore songé à peindre cette singulière position de l'âme. Puisque nous manquons d'exemples, nous serait-il permis de donner aux lecteurs un épisode extrait, comme *Atala*, de nos anciens *Natchez*? C'est la vie de ce jeune René, à qui Chactas a raconté son histoire. Ce n'est pour ainsi dire, qu'*une pensée*; c'est la peinture du *vague des passions*, sans aucun mélange d'aventures, hors un grand malheur envoyé pour punir René, et pour effrayer les jeunes hommes qui, livrés à d'inutiles rêveries, se dérobent criminellement aux charges de la société. Cet épisode sert encore à prouver la nécessité des abris du cloître pour certaines calamités de la vie, auxquelles il ne resterait que le désespoir et la mort, si elles étaient privées des retraites de la religion. Ainsi le double but de notre ouvrage, qui est de faire voir comment le génie du Christianisme a modifié les arts, la morale, l'esprit, le caractère, et les *passions* même des peuples modernes, et de montrer quelle prévoyante sagesse a dirigé les institutions chrétiennes; ce double but, disons-nous, se trouve également rempli dans l'histoire de René. »

Les 2 récits se complémentent

Extrait de la *Défense du Génie du Christianisme :*

« On a déjà fait remarquer la tendre sollicitude des critiques[1] pour la pureté de la religion; on devait donc s'attendre qu'ils se formaliseraient des deux épisodes que l'auteur a introduits dans son livre. Cette objection particulière rentre dans la grande objection qu'ils ont opposée à tout l'ouvrage, et elle se détruit par la réponse générale qu'on y a faite plus haut. Encore une fois, l'auteur a dû combattre des poèmes et des romans impies, avec des poèmes et des romans pieux; il s'est couvert des mêmes armes dont il voyait l'ennemi revêtu : c'était une conséquence naturelle et nécessaire du genre d'apologie qu'il avait choisi. Il a cherché à donner l'exemple avec le précepte. Dans la partie théorique de son ouvrage, il avait dit que la religion embellit notre existence, corrige les passions sans les éteindre, jette un intérêt singulier sur tous les sujets où elle est employée; il avait dit que sa doctrine et son culte se mêlent merveilleusement aux émotions du cœur et aux scènes de la nature; qu'elle est enfin la seule ressource dans les grands malheurs de la vie : il ne suffisait pas d'avancer tout cela, il fallait encore le prouver. C'est ce que l'auteur a essayé de faire dans les deux épisodes de son livre. Ces épisodes étaient en outre une amorce préparée à l'espèce de lecteurs pour qui l'ouvrage est spécialement écrit. L'auteur avait-il donc si mal connu le cœur humain, lorsqu'il a tendu ce piège innocent aux incrédules ? Et n'est-il pas probable que tel lecteur n'eût jamais ouvert le *Génie du Christianisme*, s'il n'y avait cherché *René* et *Atala* ?

> *Sai che là corre il mondo, ove più versi*
> *Delle sue dolcezze il lusinghier Parnaso,*
> *E che'l vero, condito in molli versi,*
> *I più schivi alletando ha persuaso.*

« Tout ce qu'un critique impartial qui veut entrer

---

1. « Il s'agit ici des philosophes uniquement. » *(Note de Chateaubriand.)*

dans l'esprit de l'ouvrage, était en droit d'exiger de l'auteur, c'est que les épisodes de cet ouvrage eussent une tendance visible à faire aimer la religion et à en démontrer l'utilité. Or, la nécessité des cloîtres pour certains malheurs de la vie, et pour ceux-là même qui sont les plus grands, la puissance d'une religion qui peut seule fermer des plaies que tous les baumes de la terre ne sauraient guérir, ne sont-elles pas invinciblement prouvées dans l'histoire de René? L'auteur y combat en outre le travers particulier des jeunes gens du siècle, le travers qui mène directement au suicide. C'est J.-J. Rousseau qui introduisit le premier parmi nous ces rêveries si désastreuses et si coupables. En s'isolant des hommes, en s'abandonnant à ses songes, il a fait croire à une foule de jeunes gens, qu'il est beau de se jeter ainsi dans le vague de la vie. Le roman de Werther a développé depuis ce germe de poison. L'auteur du *Génie du Christianisme*, obligé de faire entrer dans le cadre de son apologie quelques tableaux pour l'imagination, a voulu dénoncer cette espèce de vice nouveau, et peindre les funestes conséquences de l'amour outré de la solitude. Les couvents offraient autrefois des retraites à ces âmes contemplatives, que la nature appelle impérieusement aux méditations. Elles y trouvaient auprès de Dieu de quoi remplir le vide qu'elles sentent en elles-mêmes, et souvent l'occasion d'exercer de rares et sublimes vertus. Mais depuis la destruction des monastères et les progrès de l'incrédulité, on doit s'attendre à voir se multiplier au milieu de la société (comme il est arrivé en Angleterre), des espèces de solitaires tout à la fois passionnés et philosophes, qui ne pouvant ni renoncer aux vices du siècle, ni aimer ce siècle, prendront la haine des hommes pour l'élévation du génie, renonceront à tout devoir divin et humain, se nourriront à l'écart des plus vaines chimères, et se plongeront de plus en plus dans une misanthropie orgueilleuse qui les conduira à la folie, ou à la mort.

« Afin d'inspirer plus d'éloignement pour ces rêveries criminelles, l'auteur a pensé qu'il devait prendre la punition de René dans le cercle de ces malheurs épouvantables, qui appartiennent moins à l'individu qu'à la famille de l'homme, et que les Anciens attribuaient à la fatalité. L'auteur eût choisi le sujet de Phèdre s'il n'eût été traité par Racine. Il ne restait que celui d'Erope et de Thyeste[1] chez les Grecs, ou d'Amnon et de Thamar chez les Hébreux[2] ; et bien qu'il ait été aussi transporté sur notre scène[3], il est toutefois moins connu que celui de Phèdre. Peut-être aussi s'applique-t-il mieux au caractère que l'auteur a voulu peindre. En effet, les folles rêveries de René commencent le mal, et ses extravagances l'achèvent : par les premières, il égare l'imagination d'une faible femme ; par les dernières, en voulant attenter à ses jours, il oblige cette infortunée à se réunir à lui ; ainsi le malheur naît du sujet, et la punition sort de la faute.

« Il ne restait qu'à sanctifier, par le Christianisme, cette catastrophe empruntée à la fois de l'antiquité païenne et de l'antiquité sacrée. L'auteur, même alors, n'eut pas tout à faire ; car il trouva cette histoire presque naturalisée chrétienne dans une vieille ballade de Pèlerin, que les paysans chantent encore dans plusieurs provinces[4]. Ce n'est pas par les maximes répandues dans un ouvrage, mais par l'impression que cet ouvrage laisse au fond de l'âme, que l'on doit juger de sa moralité. Or, la sorte d'épouvante et de mystère qui règne dans l'épisode de René, serre et contriste le cœur sans y exciter d'émotion criminelle. Il ne faut pas perdre de vue qu'Amélie meurt heureuse et guérie, et que René finit misérablement. Ainsi, le vrai coupable est puni, tandis que sa trop faible victime, remettant son âme blessée entre les mains de *celui qui retourne le malade sur sa couche*, sent renaître une joie ineffable du fond même des tristesses de son cœur. Au reste, le

---

1. « Sén. *in Atr. et Th.* Voyez aussi Canacé et Macareus, et Caune et Byblis dans les *Métamorphoses* et dans les *Héroïdes* d'Ovide. J'ai rejeté comme trop abominable le sujet de Myrrha, qu'on retrouve encore dans celui de Loth et de ses filles. » *(Note de Chateaubriand.)*

2. « *Reg.* 13, 14. » *(Note de Chateaubriand.)*

3. « Dans l'*Abufar* de M. Ducis. » *(Note de Chateaubriand.)*

4. « C'est le chevalier des Landes,
Malheureux chevalier, etc. »
(Note de Chateaubriand.)

discours du P. Souël ne laisse aucun doute sur le but et
les moralités religieuses de l'histoire de René. »

On voit, par le chapitre cité du *Génie du Christianisme*, quelle espèce de passion nouvelle j'ai essayé de
peindre ; et, par l'extrait de la *Défense*, quel vice non
encore attaqué j'ai voulu combattre. J'ajouterai que,
quant au style, *René* a été revu avec autant de soin
qu'*Atala*, et qu'il a reçu le degré de perfection que je
suis capable de lui donner.

ATALA

PROLOGUE

La France possédait autrefois, dans l'Amérique septentrionale, un vaste empire qui s'étendait depuis le Labrador jusqu'aux Florides, et depuis les rivages de l'Atlantique jusqu'aux lacs les plus reculés du haut Canada.

Quatre grands fleuves, ayant leurs sources dans les mêmes montagnes, divisaient ces régions immenses : le fleuve Saint-Laurent qui se perd à l'est dans le golfe de son nom, la rivière de l'Ouest qui porte ses eaux à des mers inconnues, le fleuve Bourbon qui se précipite du midi au nord dans la baie d'Hudson, et le Meschacebé[1] qui tombe du nord au midi, dans le golfe du Mexique.

Ce dernier fleuve, dans un cours de plus de mille lieues, arrose une délicieuse contrée que les habitants des États-Unis appellent le nouvel Éden, et à laquelle les Français ont laissé le doux nom de Louisiane. Mille autres fleuves, tributaires du Meschacebé, le Missouri, l'Illinois, l'Akanza, l'Ohio, le Wabache, le Tenase, l'engraissent de leur limon et la fertilisent de leurs eaux. Quand tous ces fleuves se sont gonflés des déluges de l'hiver, quand les tempêtes ont abattu des pans entiers de forêts, les arbres déracinés s'assemblent sur les sources. Bientôt les vases les cimentent, les lianes les enchaînent, et des plantes y prenant racine de toutes

---

1. Vrai nom du Mississipi ou Meschassipi. *(Note de Chateaubriand.)*

parts, achèvent de consolider ces débris. Charriés par
les vagues écumantes, ils descendent au Meschacebé.
Le fleuve s'en empare, les pousse au golfe Mexicain, les
échoue sur des bancs de sable et accroît ainsi le nombre
de ses embouchures. Par intervalle, il élève sa voix, en
passant sous les monts, et répand ses eaux débordées
autour des colonnades des forêts et des pyramides des
tombeaux indiens; c'est le Nil des déserts. Mais la grâce
est toujours unie à la magnificence dans les scènes de la
nature : tandis que le courant du milieu entraîne vers la
mer les cadavres des pins et des chênes, on voit sur les
deux courants latéraux remonter le long des rivages,
des îles flottantes de pistia et de nénuphar, dont les
roses jaunes s'élèvent comme de petits pavillons. Des
serpents verts, des hérons bleus, des flamants roses, de
jeunes crocodiles s'embarquent, passagers sur ces vaisseaux de fleurs, et la colonie, déployant au vent ses
voiles d'or, va aborder endormie dans quelque anse
retirée du fleuve.

Les deux rives du Meschacebé présentent le tableau
le plus extraordinaire. Sur le bord occidental, des
savanes se déroulent à perte de vue; leurs flots de
verdure, en s'éloignant, semblent monter dans l'azur
du ciel où ils s'évanouissent. On voit dans ces prairies
sans bornes, errer à l'aventure des troupeaux de trois ou
quatre mille buffles sauvages. Quelquefois un bison
chargé d'années, fendant les flots à la nage, se vient
coucher parmi de hautes herbes, dans une île du
Meschacebé. A son front orné de deux croissants, à sa
barbe antique et limoneuse, vous le prendriez pour le
dieu du fleuve, qui jette un œil satisfait sur la grandeur
de ses ondes, et la sauvage abondance de ses rives.

Telle est la scène sur le bord occidental; mais elle
change sur le bord opposé, et forme avec la première un
admirable contraste. Suspendus sur le cours des eaux,
groupés sur les rochers et sur les montagnes, dispersés
dans les vallées, des arbres de toutes les formes, de
toutes les couleurs, de tous les parfums, se mêlent,
croissent ensemble, montent dans les airs à des hauteurs qui fatiguent les regards. Les vignes sauvages, les
bignonias, les coloquintes, s'entrelacent au pied de ces

arbres, escaladent leurs rameaux, grimpent à l'extrémité des branches, s'élancent de l'érable au tulipier, du tulipier à l'alcée, en formant mille grottes, mille voûtes, mille portiques. Souvent égarées d'arbre en arbre, ces lianes traversent des bras de rivières, sur lesquels elles jettent des ponts de fleurs. Du sein de ces massifs, le magnolia élève son cône immobile ; surmonté de ses larges roses blanches, il domine toute la forêt, et n'a d'autre rival que le palmier, qui balance légèrement auprès de lui ses éventails de verdure.

Une multitude d'animaux, placés dans ces retraites par la main du Créateur, y répandent l'enchantement et la vie. De l'extrémité des avenues, on aperçoit des ours enivrés de raisins, qui chancellent sur les branches des ormeaux ; des caribous se baignent dans un lac ; des écureuils noirs se jouent dans l'épaisseur des feuillages ; des oiseaux moqueurs, des colombes de Virginie de la grosseur d'un passereau, descendent sur les gazons rougis par les fraises ; des perroquets verts à tête jaune, des piverts empourprés, des cardinaux de feu, grimpent en circulant au haut des cyprès ; des colibris étincellent sur le jasmin des Florides, et des serpents-oiseleurs sifflent suspendus aux dômes des bois, en s'y balançant comme des lianes.

Si tout est silence et repos dans les savanes de l'autre côté du fleuve, tout ici, au contraire, est mouvement et murmure : des coups de bec contre le tronc des chênes, des froissements d'animaux qui marchent, broutent ou broient entre leurs dents les noyaux des fruits, des bruissements d'ondes, de faibles gémissements, de sourds meuglements, de doux roucoulements remplissent ces déserts d'une tendre et sauvage harmonie. Mais quand une brise vient à animer ces solitudes, à balancer ces corps flottants, à confondre ces masses de blanc, d'azur, de vert, de rose, à mêler toutes les couleurs, à réunir tous les murmures ; alors il sort de tels bruits du fond des forêts, il se passe de telles choses aux yeux, que j'essaierais en vain de les décrire à ceux qui n'ont point parcouru ces champs primitifs de la nature.

Après la découverte du Meschacebé par le P. Mar-

quette et l'infortuné La Salle, les premiers Français qui
s'établirent au Biloxi et à la Nouvelle-Orléans, firent
alliance avec les Natchez, nation Indienne, dont la
puissance était redoutable dans ces contrées. Des que-
relles et des jalousies ensanglantèrent dans la suite la
terre de l'hospitalité. Il y avait parmi ces Sauvages un
vieillard nommé Chactas[1], qui, par son âge, sa sagesse,
et sa science dans les choses de la vie, était le patriarche
et l'amour des déserts. Comme tous les hommes, il avait
acheté la vertu par l'infortune. Non seulement les forêts
du Nouveau-Monde furent remplies de ses malheurs,
mais il les porta jusque sur les rivages de la France.
Retenu aux galères à Marseille par une cruelle injustice,
rendu à la liberté, présenté à Louis XIV, il avait
conversé avec les grands hommes de ce siècle et assisté
aux fêtes de Versailles, aux tragédies de Racine, aux
oraisons funèbres de Bossuet : en un mot, le Sauvage
avait contemplé la société à son plus haut point de
splendeur.

Depuis plusieurs années, rentré dans le sein de sa
patrie, Chactas jouissait du repos. Toutefois le ciel lui
vendait encore cher cette faveur ; le vieillard était
devenu aveugle. Une jeune fille l'accompagnait sur les
coteaux du Meschacebé, comme Antigone guidait les
pas d'Œdipe sur le Cythéron, ou comme Malvina
conduisait Ossian sur les rochers de Morven.

Malgré les nombreuses injustices que Chactas avait
éprouvées de la part des Français, il les aimait. Il se
souvenait toujours de Fénelon, dont il avait été l'hôte,
et désirait pouvoir rendre quelque service aux compa-
triotes de cet homme vertueux. Il s'en présenta une
occasion favorable. En 1725, un Français, nommé
René, poussé par des passions et des malheurs, arriva à
la Louisiane. Il remonta le Meschacebé jusqu'aux Natchez et demanda à être reçu guerrier de cette nation.
Chactas l'ayant interrogé, et le trouvant inébranlable
dans sa résolution, l'adopta pour fils, et lui donna pour
épouse une Indienne, appelée Céluta. Peu de temps
après ce mariage, les Sauvages se préparèrent à la
chasse du castor.

1. La voix harmonieuse. *(Note de Chateaubriand.)*

Chactas, quoique aveugle, est désigné par le conseil des Sachems[1] pour commander l'expédition, à cause du respect que les tribus indiennes lui portaient. Les prières et les jeûnes commencent : les Jongleurs interprètent les songes ; on consulte les Manitous ; on fait des sacrifices de petun ; on brûle des filets de langue d'orignal ; on examine s'ils pétillent dans la flamme, afin de découvrir la volonté des Génies ; on part enfin, après avoir mangé le chien sacré. René est de la troupe. A l'aide des contre-courants, les pirogues remontent le Meschacebé, et entrent dans le lit de l'Ohio. C'est en automne. Les magnifiques déserts du Kentucky se déploient aux yeux étonnés du jeune Français. Une nuit, à la clarté de la lune, tandis que tous les Natchez dorment au fond de leurs pirogues, et que la flotte indienne, élevant ses voiles de peaux de bêtes, fuit devant une légère brise, René, demeuré seul avec Chactas, lui demande le récit de ses aventures. Le vieillard consent à le satisfaire, et assis avec lui sur la poupe de la pirogue, il commence en ces mots :

1. Vieillards ou conseillers. *(Note de Chateaubriand.)*

LE RÉCIT

LES CHASSEURS

« C'est une singulière destinée, mon cher fils, que celle qui nous réunit. Je vois en toi l'homme civilisé qui s'est fait sauvage ; tu vois en moi l'homme sauvage, que le grand Esprit (j'ignore pour quel dessein) a voulu civiliser. Entrés l'un et l'autre dans la carrière de la vie, par les deux bouts opposés, tu es venu te reposer à ma place, et j'ai été m'asseoir à la tienne : ainsi nous avons dû avoir des objets une vue totalement différente. Qui, de toi ou de moi, a le plus gagné ou le plus perdu à ce changement de position ? C'est ce que savent les Génies, dont le moins savant a plus de sagesse que tous les hommes ensemble.

« A la prochaine lune des fleurs[1], il y aura sept fois dix neiges, et trois neiges de plus[2], que ma mère me mit au monde, sur les bords du Meschacebé. Les Espagnols s'étaient depuis peu établis dans la baie de Pensacola, mais aucun blanc n'habitait encore la Louisiane. Je comptais à peine dix-sept chutes de feuilles, lorsque je marchai avec mon père, le guerrier Outalissi, contre les Muscogulges, nation puissante des Florides. Nous nous joignîmes aux Espagnols nos alliés, et le combat se donna sur une des branches de la Maubile. Areskoui[3] et les Manitous ne nous furent pas favorables. Les ennemis triomphèrent ; mon père perdit la vie ; je fus blessé

1. Mois de mai. (*Note de Chateaubriand.*)
2. Neige pour année, 73 ans. (*Note de Chateaubriand.*)
3. Dieu de la guerre. (*Note de Chateaubriand.*)

deux fois en le défendant. Oh ! que ne descendis-je alors
dans le pays des âmes[1], j'aurais évité les malheurs qui
m'attendaient sur la terre ! Les Esprits en ordonnèrent
autrement : je fus entraîné par les fuyards à Saint-
Augustin.

« Dans cette ville, nouvellement bâtie par les Espagnols, je courais le risque d'être enlevé pour les mines
de Mexico, lorsqu'un vieux Castillan, nommé Lopez,
touché de ma jeunesse et de ma simplicité, m'offrit un
asile, et me présenta à une sœur avec laquelle il vivait
sans épouse.

« Tous les deux prirent pour moi les sentiments les
plus tendres. On m'éleva avec beaucoup de soin, on me
donna toutes sortes de maîtres. Mais après avoir passé
trente lunes à Saint-Augustin, je fus saisi du dégoût de
la vie des cités. Je dépérissais à vue d'œil : tantôt je
demeurais immobile pendant des heures, à contempler
la cime des lointaines forêts ; tantôt on me trouvait assis
au bord d'un fleuve, que je regardais tristement couler.
Je me peignais les bois à travers lesquels cette onde avait
passé, et mon âme était tout entière à la solitude.

« Ne pouvant plus résister à l'envie de retourner au
désert, un matin je me présentai à Lopez, vêtu de mes
habits de Sauvage, tenant d'une main mon arc et mes
flèches, et de l'autre mes vêtements européens. Je les
remis à mon généreux protecteur, aux pieds duquel je
tombai, en versant des torrents de larmes. Je me donnai
des noms odieux, je m'accusai d'ingratitude : « Mais
« enfin, lui dis-je, ô mon père, tu le vois toi-même : je
« meurs, si je ne reprends la vie de l'Indien. »

« Lopez, frappé d'étonnement, voulut me détourner
de mon dessein. Il me représenta les dangers que j'allais
courir, en m'exposant à tomber de nouveau entre les
mains des Muscogulges. Mais voyant que j'étais résolu
à tout entreprendre, fondant en pleurs, et me serrant
dans ses bras : « Va, s'écria-t-il, enfant de la nature !
« reprends cette indépendance de l'homme, que Lopez
« ne te veut point ravir. Si j'étais plus jeune moi-même,
« je t'accompagnerais au désert (où j'ai aussi de doux

---

1. Les enfers. *(Note de Chateaubriand.)*

« souvenirs !) et je te remettrais dans les bras de ta mère.
« Quand tu seras dans tes forêts, songe quelquefois à ce
« vieil Espagnol qui te donna l'hospitalité, et rappelle-
« toi, pour te porter à l'amour de tes semblables, que la
« première expérience que tu as faite du cœur humain,
« a été toute en sa faveur. »

Lopez finit par une prière au Dieu des Chrétiens,
dont j'avais refusé d'embrasser le culte, et nous nous
quittâmes avec des sanglots.

« Je ne tardai pas être puni de mon ingratitude. Mon
inexpérience m'égara dans les bois, et je fus pris par un
parti de Muscogulges et de Siminoles, comme Lopez
me l'avait prédit. Je fus reconnu pour Natché, à mon
vêtement et aux plumes qui ornaient ma tête. On
m'enchaîna, mais légèrement, à cause de ma jeunesse.
Simaghan, le chef de la troupe, voulut savoir mon nom.
Je répondis : « Je m'appelle Chactas, fils d'Outalissi,
« fils de Miscou, qui ont enlevé plus de cent chevelures
« aux héros Muscogulges. » Simaghan me dit : « Chac-
« tas, fils d'Outalissi, fils de Miscou, réjouis-toi ; tu
« seras brûlé au grand village. » Je repartis : « Voilà qui
« va bien » ; et j'entonnai ma chanson de mort.

« Tout prisonnier que j'étais, je ne pouvais, durant
les premiers jours, m'empêcher d'admirer mes ennemis. Le Muscogulge, et surtout son allié le Siminole,
respire la gaieté, l'amour, le contentement. Sa
démarche est légère, son abord ouvert et serein. Il parle
beaucoup et avec volubilité ; son langage est harmo-
nieux et facile. L'âge même ne peut ravir aux Sachems
cette simplicité joyeuse : comme les vieux oiseaux de
nos bois, ils mêlent encore leurs vieilles chansons aux
airs nouveaux de leur jeune postérité.

« Les femmes qui accompagnaient la troupe témoi-
gnaient pour ma jeunesse une pitié tendre et une
curiosité aimable. Elles me questionnaient sur ma
mère, sur les premiers jours de ma vie ; elles voulaient
savoir si l'on suspendait mon berceau de mousse aux
branches fleuries des érables, si les brises m'y balan-
çaient, auprès du nid des petits oiseaux. C'était ensuite
mille autres questions sur l'état de mon cœur : elles me
demandaient si j'avais vu une biche blanche dans mes

songes, et si les arbres de la vallée secrète m'avaient
conseillé d'aimer. Je répondais avec naïveté aux mères,
aux filles et aux épouses des hommes. Je leur disais :
« Vous êtes les grâces du jour, et la nuit vous aime
« comme la rosée. L'homme sort de votre sein pour se
« suspendre à votre mamelle et à votre bouche ; vous
« savez des paroles magiques qui endorment toutes les
« douleurs. Voilà ce que m'a dit celle qui m'a mis au
« monde, et qui ne me reverra plus ! Elle m'a dit encore
« que les vierges étaient des fleurs mystérieuses qu'on
« trouve dans les lieux solitaires. »

« Ces louanges faisaient beaucoup de plaisir aux
femmes ; elles me comblaient de toute sorte de dons ;
elles m'apportaient de la crème de noix, du sucre
d'érable, de la sagamité[1], des jambons d'ours, des
peaux de castors, des coquillages pour me parer, et des
mousses pour ma couche. Elles chantaient, elles riaient
avec moi, et puis elles se prenaient à verser des larmes,
en songeant que je serais brûlé.

« Une nuit que les Muscogulges avaient placé leur
camp sur le bord d'une forêt, j'étais assis auprès du *feu
de la guerre*, avec le chasseur commis à ma garde. Tout à
coup j'entendis le murmure d'un vêtement sur l'herbe,
et une femme à demi voilée vint s'asseoir à mes côtés.
Des pleurs roulaient sous sa paupière ; à la lueur du feu
un petit crucifix d'or brillait sur son sein. Elle était
régulièrement belle ; l'on remarquait sur son visage je
ne sais quoi de vertueux et de passionné, dont l'attrait
était irrésistible. Elle joignait à cela des grâces plus
tendres ; une extrême sensibilité, unie à une mélancolie
profonde, respirait dans ses regards ; son sourire était
céleste.

« Je crus que c'était la *Vierge des dernières amours*,
cette vierge qu'on envoie au prisonnier de guerre, pour
enchanter sa tombe. Dans cette persuasion, je lui dis en
balbutiant, et avec un trouble qui pourtant ne venait
pas de la crainte du bûcher : « Vierge vous êtes digne
« des premières amours, et vous n'êtes pas faite pour les
« dernières. Les mouvements d'un cœur qui va bientôt

1. Sorte de pâte de maïs. *(Note de Chateaubriand.)*

« cesser de battre répondraient mal aux mouvements
« du vôtre. Comment mêler la mort et la vie ? Vous me
« feriez trop regretter le jour. Qu'un autre soit plus
« heureux que moi, et que de longs embrassements
« unissent la liane et le chêne ! »

« La jeune fille me dit alors : « Je ne suis point la
Vierge des dernières amours. Es-tu chrétien ? » Je répondis que je n'avais point trahi les Génies de ma cabane. A
ces mots, l'Indienne fit un mouvement involontaire.
Elle me dit : « Je te plains de n'être qu'un méchant
« idolâtre. Ma mère m'a fait chrétienne ; je me nomme
« Atala, fille de Simaghan aux bracelets d'or, et chef des
« guerriers de cette troupe. Nous nous rendons à Apala-
« chucla où tu seras brûlé. » En prononçant ces mots,
Atala se lève et s'éloigne.

Ici Chactas fut contraint d'interrompre son récit. Les
souvenirs se pressèrent en foule dans son âme ; ses yeux
éteints inondèrent de larmes ses joues flétries : telles
deux sources cachées dans la profonde nuit de la terre se
décèlent par les eaux qu'elles laissent filtrer entre les
rochers.

« O mon fils, reprit-il enfin, tu vois que Chactas est
bien peu sage, malgré sa renommée de sagesse. Hélas,
mon cher enfant, les hommes ne peuvent déjà plus voir,
qu'ils peuvent encore pleurer ! Plusieurs jours s'écoulèrent ; la fille du Sachem revenait chaque soir me
parler. Le sommeil avait fui de mes yeux, et Atala était
dans mon cœur, comme le souvenir de la couche de mes
pères.

« Le dix-septième jour de marche, vers le temps où
l'éphémère sort des eaux, nous entrâmes sur la grande
savane Alachua. Elle est environnée de coteaux, qui,
fuyant les uns derrière les autres, portent, en s'élevant
jusqu'aux nues, des forêts étagées de copalmes, de
citronniers, de magnolias et de chênes verts. Le chef
poussa le cri d'arrivée, et la troupe campa au pied des
collines. On me relégua à quelque distance, au bord
d'un de ces *Puits naturels*, si fameux dans les Florides.
J'étais attaché au pied d'un arbre ; un guerrier veillait
impatiemment auprès de moi. J'avais à peine passé

quelques instants dans ce lieu, qu'Atala parut sous les
liquidambars de la fontaine. « Chasseur, dit-elle au
« héros Muscogulge, si tu veux poursuivre le chevreuil,
« je garderai le prisonnier. » Le guerrier bondit de joie
à cette parole de la fille du chef; il s'élance du sommet
de la colline et allonge ses pas dans la plaine.

    « Étrange contradiction du cœur de l'homme! Moi
qui avais tant désiré de dire les choses du mystère à celle
que j'aimais déjà comme le soleil, maintenant interdit et
confus, je crois que j'eusse préféré d'être jeté aux
crocodiles de la fontaine, à me trouver seul ainsi avec
Atala. La fille du désert était aussi troublée que son
prisonnier; nous gardions un profond silence; les
Génies de l'amour avaient dérobé nos paroles. Enfin,
Atala, faisant un effort, dit ceci : « Guerrier, vous êtes
« retenu bien faiblement; vous pouvez aisément vous
« échapper. » A ces mots, la hardiesse revint sur ma
langue, je répondis : « Faiblement retenu, ô
femme...! » Je ne sus comment achever. Atala hésita
quelques moments; puis elle dit : « Sauvez-vous. » Et
elle me détacha du tronc de l'arbre. Je saisis la corde; je
la remis dans la main de la fille étrangère, en forçant ses
beaux doigts à se fermer sur ma chaîne. « Reprenez-la!
« reprenez-la! m'écriai-je. » « Vous êtes un insensé, dit
« Atala d'une voix émue. Malheureux! ne sais-tu pas
« que tu seras brûlé? Que prétends-tu? Songes-tu bien
« que je suis la fille d'un redoutable Sachem? » « Il fut
« un temps, répliquai-je avec des larmes, que j'étais
« aussi porté dans une peau de castor, aux épaules
« d'une mère. Mon père avait aussi une belle hutte, et
« ses chevreuils buvaient les eaux de mille torrents;
« mais j'erre maintenant sans patrie. Quand je ne serai
« plus, aucun ami ne mettra un peu d'herbe sur mon
« corps, pour le garantir des mouches. Le corps d'un
« étranger malheureux n'intéresse personne. »

    « Ces mots attendrirent Atala. Ses larmes tombèrent
dans la fontaine. « Ah! repris-je avec vivacité, si votre
« cœur parlait comme le mien! Le désert n'est-il pas
« libre? Les forêts n'ont-elles point des replis où nous
« cacher? Faut-il donc, pour être heureux, tant de
« choses aux enfants des cabanes! O fille plus belle que

« le premier songe de l'époux! O ma bien-aimée! ose
« suivre mes pas. » Telles furent mes paroles. Atala me
répondit d'une voix tendre : « Mon jeune ami, vous
« avez appris le langage des blancs, il est aisé de
« tromper une Indienne. » « Quoi! m'écriai-je, vous
« m'appelez votre jeune ami! Ah! si un pauvre
« esclave... » « Eh bien! dit-elle, en se penchant sur
« moi, un pauvre esclave... » Je repris avec ardeur :
« « Qu'un baiser l'assure de ta foi! » Atala écouta ma
prière. Comme un faon semble pendre aux fleurs de
lianes roses, qu'il saisit de sa langue délicate dans
l'escarpement de la montagne, ainsi je restai suspendu
aux lèvres de ma bien-aimée.

« Hélas! mon cher fils, la douleur touche de près au
plaisir. Qui eût pu croire que le moment où Atala me
donnait le premier gage de son amour, serait celui-là
même où elle détruirait mes espérances? Cheveux blan-
chis du vieux Chactas, quel fut votre étonnement,
lorsque la fille du Sachem prononça ces paroles! « Beau
« prisonnier, j'ai follement cédé à ton désir; mais où
« nous conduira cette passion? Ma religion me sépare
« de toi pour toujours... O ma mère! qu'as-tu fait?... »
Atala se tut tout à coup, et retint je ne sus quel fatal
secret près d'échapper à ses lèvres. Ses paroles me
plongèrent dans le désespoir. « Eh bien! m'écriai-je, je
« serai aussi cruel que vous; je ne fuirai point. Vous me
« verrez dans le cadre de feu; vous entendrez les
« gémissements de ma chair, et vous serez pleine de
« joie. » Atala saisit mes mains entre les deux siennes.
« Pauvre jeune idolâtre, s'écria-t-elle, tu me fais réelle-
« ment pitié! Tu veux donc que je pleure tout mon
« cœur? Quel dommage que je ne puisse fuir avec toi!
« Malheureux a été le ventre de ta mère, ô Atala! Que
« ne te jettes-tu au crocodile de la fontaine! »

« Dans ce moment même, les crocodiles, aux
approches du coucher du soleil, commençaient à faire
entendre leurs rugissements. Atala me dit : « Quittons
« ces lieux. » J'entraînai la fille de Simaghan aux pieds
des coteaux qui formaient des golfes de verdure, en
avançant leurs promontoires dans la savane. Tout était
calme et superbe au désert. La cigogne criait sur son

nid, les bois retentissaient du chant monotone des
cailles, du sifflement des perruches, du mugissement
des bisons et du hennissement des cavales Siminoles.

« Notre promenade fut presque muette. Je marchais
à côté d'Atala ; elle tenait le bout de la corde, que je
l'avais forcée de reprendre. Quelquefois nous versions
des pleurs ; quelquefois nous essayions de sourire. Un
regard, tantôt levé vers le ciel, tantôt attaché à la terre,
une oreille attentive au chant de l'oiseau, un geste vers
le soleil couchant, une main tendrement serrée, un sein
tour à tour palpitant, tour à tour tranquille, les noms de
Chactas et d'Atala doucement répétés par intervalle...
Oh ! première promenade de l'amour, il faut que votre
souvenir soit bien puissant, puisque, après tant
d'années d'infortune, vous remuez encore le cœur du
vieux Chactas !

« Qu'ils sont incompréhensibles les mortels agités
par les passions ! Je venais d'abandonner le généreux
Lopez, je venais de m'exposer à tous les dangers pour
être libre ; dans un instant le regard d'une femme avait
changé mes goûts, mes résolutions, mes pensées !
Oubliant mon pays, ma mère, ma cabane et la mort
affreuse qui m'attendait, j'étais devenu indifférent à
tout ce qui n'était pas Atala ! Sans force pour m'élever à
la raison de l'homme, j'étais retombé tout à coup dans
une espèce d'enfance ; et loin de pouvoir rien faire pour
me soustraire aux maux qui m'attendaient, j'aurais eu
presque besoin qu'on s'occupât de mon sommeil et de
ma nourriture !

« Ce fut donc vainement qu'après nos courses dans la
savane, Atala, se jetant à mes genoux, m'invita de
nouveau à la quitter. Je lui protestai que je retournerais
seul au camp, si elle refusait de me rattacher au pied de
mon arbre. Elle fut obligée de me satisfaire, espérant
me convaincre une autre fois.

« Le lendemain de cette journée, qui décida du
destin de ma vie, on s'arrêta dans une vallée, non loin
de Cuscowilla, capitale des Siminoles. Ces Indiens unis
aux Muscogulges, forment avec eux la confédération
des Creeks. La fille du pays des palmiers vint me
trouver au milieu de la nuit. Elle me conduisit dans une

grande forêt de pins et renouvela ses prières pour
m'engager à la fuite. Sans lui répondre, je pris sa main
dans ma main, et je forçai cette biche altérée d'errer
avec moi dans la forêt. La nuit était délicieuse. Le Génie
des airs secouait sa chevelure bleue, embaumée de la
senteur des pins, et l'on respirait la faible odeur
d'ambre, qu'exhalaient les crocodiles couchés sous les
tamarins des fleuves. La lune brillait au milieu d'un
azur sans tache, et sa lumière gris de perle descendait
sur la cime indéterminée des forêts. Aucun bruit ne se
faisait entendre, hors je ne sais quelle harmonie lointaine qui régnait dans la profondeur des bois : on eût dit
que l'âme de la solitude soupirait dans toute l'étendue
du désert.

« Nous aperçûmes à travers les arbres un jeune
homme, qui, tenant à la main un flambeau, ressemblait
au Génie du printemps, parcourant les forêts pour
ranimer la nature. C'était un amant qui allait s'instruire
de son sort à la cabane de sa maîtresse.

« Si la vierge éteint le flambeau, elle accepte les vœux
offerts ; si elle se voile sans l'éteindre, elle rejette un
époux.

« Le guerrier, en se glissant dans les ombres, chantait
à demi-voix ces paroles :

« Je devancerai les pas du jour sur le sommet des
« montagnes, pour chercher ma colombe solitaire
« parmi les chênes de la forêt.

« J'ai attaché à son cou un collier de porcelaines[1] ; on
« y voit trois grains rouges pour mon amour, trois
« violets pour mes craintes, trois bleus pour mes espé-
« rances.

« Mila a les yeux d'une hermine et la chevelure légère
« d'un champ de riz ; sa bouche est un coquillage rose,
« garni de perles ; ses deux seins sont comme deux
« petits chevreaux sans tache, nés au même jour d'une
« seule mère.

« Puisse Mila éteindre ce flambeau ! Puisse sa bouche
« verser sur lui une ombre voluptueuse ! Je fertiliserai

---

1. Sorte de coquillage. *(Note de Chateaubriand.)*

« son sein. L'espoir de la patrie pendra à sa mamelle
« féconde, et je fumerai mon calumet de paix sur le
« berceau de mon fils!

« Ah! laissez-moi devancer les pas du jour sur le
« sommet des montagnes, pour chercher ma colombe
« solitaire parmi les chênes de la forêt! »

« Ainsi chantait ce jeune homme, dont les accents
portèrent le trouble jusqu'au fond de mon âme, et firent
changer de visage à Atala. Nos mains unies frémirent
l'une dans l'autre. Mais nous fûmes distraits de cette
scène, par une scène non moins dangereuse pour nous.

« Nous passâmes auprès du tombeau d'un enfant,
qui servait de limite à deux nations. On l'avait placé au
bord du chemin, selon l'usage, afin que les jeunes
femmes, en allant à la fontaine, pussent attirer dans leur
sein l'âme de l'innocente créature, et la rendre à la
patrie. On y voyait dans ce moment des épouses nouvelles qui, désirant les douceurs de la maternité, cherchaient, en entrouvrant leurs lèvres, à recueillir l'âme
du petit enfant, qu'elles croyaient voir errer sur les
fleurs. La véritable mère vint ensuite déposer une gerbe
de maïs et des fleurs de lis blancs sur le tombeau. Elle
arrosa la terre de son lait, s'assit sur le gazon humide, et
parla à son enfant d'une voix attendrie:

« Pourquoi te pleuré-je dans ton berceau de terre, ô
« mon nouveau-né? Quand le petit oiseau devient
« grand, il faut qu'il cherche sa nourriture, et il trouve
« dans le désert bien des graines amères. Du moins tu
« as ignoré les pleurs; du moins ton cœur n'a point été
« exposé au souffle dévorant des hommes. Le bouton
« qui sèche dans son enveloppe, passe avec tous ses
« parfums, comme toi, ô mon fils! avec toute ton
« innocence. Heureux ceux qui meurent au berceau, ils
« n'ont connu que les baisers et les sourires d'une
« mère! »

« Déjà subjugués par notre propre cœur, nous fûmes
accablés par ces images d'amour et de maternité, qui
semblaient nous poursuivre dans ces solitudes enchantées. J'emportai Atala dans mes bras au fond de la forêt,
et je lui dis des choses qu'aujourd'hui je chercherais en

vain sur mes lèvres. Le vent du midi, mon cher fils, perd sa chaleur en passant sur des montagnes de glace. Les souvenirs de l'amour dans le cœur d'un vieillard sont comme les feux du jour réfléchis par l'orbe paisible de la lune, lorsque le soleil est couché et que le silence plane sur les huttes des Sauvages.

« Qui pouvait sauver Atala? Qui pouvait l'empêcher de succomber à la nature? Rien qu'un miracle, sans doute; et ce miracle fut fait! La fille de Simaghan eut recours au Dieu des Chrétiens; elle se précipita sur la terre, et prononça une fervente oraison, adressée à sa mère et à la reine des vierges. C'est de ce moment, ô René, que j'ai conçu une merveilleuse idée de cette religion, qui dans les forêts, au milieu de toutes les privations de la vie, peut remplir de mille dons les infortunés; de cette religion, qui opposant sa puissance au torrent des passions suffit seule pour les vaincre, lorsque tout les favorise, et le secret des bois et l'absence des hommes et la fidélité des ombres. Ah! qu'elle me parut divine, la simple Sauvage, l'ignorante Atala, qui à genoux devant un vieux pin tombé, comme au pied d'un autel, offrait à son Dieu des vœux pour un amant idolâtre! Ses yeux levés vers l'astre de la nuit, ses joues brillantes des pleurs de la religion et de l'amour, étaient d'une beauté immortelle. Plusieurs fois il me sembla qu'elle allait prendre son vol vers les cieux; plusieurs fois je crus voir descendre sur les rayons de la lune et entendre dans les branches des arbres, ces Génies que le Dieu des Chrétiens envoie aux ermites des rochers, lorsqu'il se dispose à les rappeler à lui. J'en fus affligé, car je craignis qu'Atala n'eût que peu de temps à passer sur la terre.

« Cependant elle versa tant de larmes, elle se montra si malheureuse, que j'allais peut-être consentir à m'éloigner, lorsque le cri de mort retentit dans la forêt. Quatre hommes armés se précipitent sur moi : nous avions été découverts; le chef de guerre avait donné l'ordre de nous poursuivre.

« Atala, qui ressemblait à une reine pour l'orgueil de la démarche, dédaigna de parler à ces guerriers. Elle leur lança un regard superbe, et se rendit auprès de Simaghan.

« Elle ne put rien obtenir. On redoubla mes gardes, on multiplia mes chaînes, on écarta mon amante. Cinq nuits s'écoulent, et nous apercevons Apalachucla située au bord de la rivière Chata-Uche. Aussitôt on me couronne de fleurs ; on me peint le visage d'azur et de vermillon ; on m'attache des perles au nez et aux oreilles et l'on me met à la main un chichikoué[1].

« Ainsi paré pour le sacrifice, j'entre dans Apalachu-cla, aux cris répétés de la foule. C'en était fait de ma vie, quand tout à coup le bruit d'une conque se fait entendre, et le Mico, ou chef de la nation, ordonne de s'assembler.

« Tu connais, mon fils, les tourments que les Sauvages font subir aux prisonniers de guerre. Les missionnaires chrétiens, aux périls de leurs jours, et avec une charité infatigable, étaient parvenus, chez plusieurs nations, à faire substituer un esclavage assez doux aux horreurs du bûcher. Les Muscogulges n'avaient point encore adopté cette coutume ; mais un parti nombreux s'était déclaré en sa faveur. C'était pour prononcer sur cette importante affaire, que le Mico convoquait les Sachems. On me conduit au lieu des délibérations.

« Non loin d'Apalachucla s'élevait, sur un tertre isolé, le pavillon du conseil. Trois cercles de colonnes formaient l'élégante architecture de cette rotonde. Les colonnes étaient de cyprès poli et sculpté ; elles augmentaient en hauteur et en épaisseur, et diminuaient en nombre, à mesure qu'elles se rapprochaient du centre marqué par un pilier unique. Du sommet de ce pilier partaient des bandes d'écorce, qui passant sur le sommet des autres colonnes, couvraient le pavillon, en forme d'éventail à jour.

« Le conseil s'assemble. Cinquante vieillards, en manteau de castor, se rangent sur des espèces de gradins faisant face à la porte du pavillon. Le grand chef est assis au milieu d'eux, tenant à la main le calumet de paix à demi coloré pour la guerre. A la droite des vieillards, se placent cinquante femmes couvertes d'une robe de plumes de cygnes. Les chefs de guerre, le

---

1. Instrument de musique des Sauvages. (*Note de Chateaubriand.*)

tomahawk[1] à la main, le pennache en tête, les bras et la poitrine teints de sang, prennent la gauche.

« Au pied de la colonne centrale, brûle le feu du conseil. Le premier jongleur environné des huit gardiens du temple, vêtu de longs habits, et portant un hibou empaillé sur la tête, verse du baume de copalme sur la flamme et offre un sacrifice au soleil. Ce triple rang de vieillards, de matrones, de guerriers, ces prêtres, ces nuages d'encens, ce sacrifice, tout sert à donner à ce conseil un appareil imposant.

« J'étais debout enchaîné au milieu de l'assemblée. Le sacrifice achevé, le Mico prend la parole, et expose avec simplicité l'affaire qui rassemble le conseil. Il jette un collier bleu dans la salle, en témoignage de ce qu'il vient de dire.

« Alors un Sachem de la tribu de l'Aigle, se lève, et parle ainsi :

« Mon père le Mico, Sachems, matrones, guerriers
« des quatre tribus de l'Aigle, du Castor, du Serpent et
« de la Tortue, ne changeons rien aux mœurs de nos
« aïeux; brûlons le prisonnier, et n'amollissons point
« nos courages. C'est une coutume des blancs qu'on
« vous propose, elle ne peut être que pernicieuse.
« Donnez un collier rouge qui contienne mes paroles.
« J'ai dit. »

« Et il jette un collier rouge dans l'assemblée.

« Une matrone se lève, et dit :

« Mon père l'Aigle, vous avez l'esprit d'un renard, et
« la prudente lenteur d'une tortue. Je veux polir avec
« vous la chaîne d'amitié, et nous planterons ensemble
« l'arbre de paix. Mais changeons les coutumes de nos
« aïeux, en ce qu'elles ont de funeste. Ayons des
« esclaves qui cultivent nos champs, et n'entendons
« plus les cris du prisonnier, qui troublent le sein des
« mères. J'ai dit. »

« Comme on voit les flots de la mer se briser pendant un orage, comme en automne les feuilles séchées sont enlevées par un tourbillon, comme les roseaux du Meschacebé plient et se relèvent dans une inondation

1. La hache. *(Note de Chateaubriand.)*

subite, comme un grand troupeau de cerfs brame au
fond d'une forêt, ainsi s'agitait et murmurait le conseil.
Des Sachems, des guerriers, des matrones parlent tour
à tour ou tous ensemble. Les intérêts se choquent, les
opinions se divisent, le conseil va se dissoudre ; mais
enfin l'usage antique l'emporte, et je suis condamné au
bûcher.

« Une circonstance vint retarder mon supplice ; la
Fête des morts ou le *Festin des âmes* approchait. Il est
d'usage de ne faire mourir aucun captif pendant les
jours consacrés à cette cérémonie. On me confia à une
garde sévère ; et sans doute les Sachems éloignèrent la
fille de Simaghan, car je ne la revis plus.

« Cependant les nations de plus de trois cents lieues à
la ronde, arrivaient en foule pour célébrer le *Festin des
âmes*. On avait bâti une longue hutte sur un site écarté.
Au jour marqué, chaque cabane exhuma les restes de
ses pères de leurs tombeaux particuliers, et l'on suspen-
dit les squelettes, par ordre et par famille, aux murs de
la *Salle commune des aïeux*. Les vents (une tempête
s'était élevée), les forêts, les cataractes mugissaient
au-dehors, tandis que les vieillards des diverses nations
concluaient entre eux des traités de paix et d'alliance
sur les os de leurs pères.

« On célèbre les jeux funèbres, la course, la balle, les
osselets. Deux vierges cherchent à s'arracher une
baguette de saule. Les boutons de leurs seins viennent
se toucher, leurs mains voltigent sur la baguette qu'elles
élèvent au-dessus de leurs têtes. Leurs beaux pieds nus
s'entrelacent, leurs bouches se rencontrent, leurs
douces haleines se confondent ; elles se penchent et
mêlent leur chevelure ; elles regardent leurs mères,
rougissent[1] : on applaudit. Le jongleur invoque Micha-
bou, génie des eaux. Il raconte les guerres du grand
Lièvre contre Matchimanitou, dieu du mal. Il dit le
premier homme et Atahensic la première femme préci-
pités du ciel pour avoir perdu l'innocence, la terre
rougie du sang fraternel, Jouskeka l'impie immolant le

---

1. La rougeur est sensible chez les jeunes Sauvages. *(Note de
Chateaubriand.)*

juste Tahouistsaron, le déluge descendant à la voix du grand Esprit, Massou sauvé seul dans son canot d'écorce, et le corbeau envoyé à la découverte de la terre ; il dit encore la belle Endaé, retirée de la contrée des âmes par les douces chansons de son époux.

« Après ces jeux et ces cantiques, on se prépare à donner aux aïeux une éternelle sépulture.

« Sur les bords de la rivière Chata-Uche se voyait un figuier sauvage, que le culte des peuples avait consacré. Les vierges avaient accoutumé de laver leurs robes d'écorce dans ce lieu et de les exposer au souffle du désert, sur les rameaux de l'arbre antique. C'était là qu'on avait creusé un immense tombeau. On part de la salle funèbre, en chantant l'hymne à la mort ; chaque famille porte quelque débris sacré. On arrive à la tombe ; on y descend les reliques ; on les y étend par couche ; on les sépare avec des peaux d'ours et de castors ; le mont du tombeau s'élève, et l'on y plante l'*Arbre des pleurs et du sommeil*.

« Plaignons les hommes, mon cher fils ! Ces mêmes Indiens dont les coutumes sont si touchantes ; ces mêmes femmes qui m'avaient témoigné un intérêt si tendre, demandaient maintenant mon supplice à grands cris ; et des nations entières retardaient leur départ pour avoir le plaisir de voir un jeune homme souffrir des tourments épouvantables.

« Dans une vallée au nord, à quelque distance du grand village, s'élevait un bois de cyprès et de sapins, appelé le *Bois du sang*. On y arrivait par les ruines d'un de ces monuments dont on ignore l'origine, et qui sont l'ouvrage d'un peuple maintenant inconnu. Au centre de ce bois, s'étendait une arène, où l'on sacrifiait les prisonniers de guerre. On m'y conduit en triomphe. Tout se prépare pour ma mort : on plante le poteau d'Areskoui ; les pins, les ormes, les cyprès tombent sous la cognée ; le bûcher s'élève ; les spectateurs bâtissent des amphithéâtres avec des branches et des troncs d'arbres. Chacun invente un supplice : l'un se propose de m'arracher la peau du crâne, l'autre de me brûler les yeux avec des haches ardentes. Je commence ma chanson de mort.

« Je ne crains point les tourments : je suis brave, ô
« Muscogulges, je vous défie ! je vous méprise plus que
« des femmes. Mon père Outalissi, fils de Miscou, a bu
« dans le crâne de vos plus fameux guerriers ; vous
« n'arracherez pas un soupir de mon cœur. »

« Provoqué par ma chanson, un guerrier me perça le
bras d'une flèche ; je dis : « Frère, je te remercie. »

« Malgré l'activité des bourreaux, les préparatifs du
supplice ne purent être achevés avant le coucher du
soleil. On consulta le jongleur qui défendit de troubler
les Génies des ombres, et ma mort fut encore suspendue
jusqu'au lendemain. Mais dans l'impatience de jouir du
spectacle, et pour être plus tôt prêts au lever de
l'aurore, les Indiens ne quittèrent point le *Bois du sang* ;
ils allumèrent de grands feux, et commencèrent des
festins et des danses.

« Cependant on m'avait étendu sur le dos. Des
cordes partant de mon cou, de mes pieds, de mes bras,
allaient s'attacher à des piquets enfoncés en terre. Des
guerriers étaient couchés sur ces cordes, et je ne pouvais
faire un mouvement, sans qu'ils en fussent avertis. La
nuit s'avance : les chants et les danses cessent par
degré ; les feux ne jettent plus que des lueurs rou-
geâtres, devant lesquelles ont voit encore passer les
ombres de quelques Sauvages ; tout s'endort ; à mesure
que le bruit des hommes s'affaiblit, celui du désert
augmente, et au tumulte des voix succèdent les plaintes
du vent dans la forêt.

« C'était l'heure où une jeune Indienne qui vient
d'être mère, se réveille en sursaut au milieu de la nuit,
car elle a cru entendre les cris de son premier né, qui lui
demande la douce nourriture. Les yeux attachés au ciel,
où le croissant de la lune errait dans les nuages, je
réfléchissais sur ma destinée. Atala me semblait un
monstre d'ingratitude. M'abandonner au moment du
supplice, moi qui m'étais dévoué aux flammes plutôt
que de la quitter ! Et pourtant je sentais que je l'aimais
toujours, et que je mourrais avec joie pour elle.

« Il est dans les extrêmes plaisirs, un aiguillon qui
nous éveille, comme pour nous avertir de profiter de ce
moment rapide ; dans les grandes douleurs, au

contraire, je ne sais quoi de pesant nous endort; des
yeux fatigués par les larmes cherchent naturellement à
se fermer, et la bonté de la Providence se fait ainsi
remarquer, jusque dans nos infortunes. Je cédai, malgré moi, à ce lourd sommeil que goûtent quelquefois les
misérables. Je rêvais qu'on m'ôtait mes chaînes; je
croyais sentir ce soulagement qu'on éprouve, lorsque,
après avoir été fortement pressé, une main secourable
relâche nos fers.

   « Cette sensation devint si vive, qu'elle me fit soule-
ver les paupières. A la clarté de la lune, dont un rayon
s'échappait entre deux nuages, j'entrevois une grande
figure blanche penchée sur moi, et occupée à dénouer
silencieusement mes liens. J'allais pousser un cri,
lorsqu'une main, que je reconnus à l'instant, me ferma
la bouche. Une seule corde restait, mais il paraissait
impossible de la couper, sans toucher un guerrier qui la
couvrait tout entière de son corps. Atala y porte la
main, le guerrier s'éveille à demi, et se dresse sur son
séant. Atala reste immobile, et le regarde. L'Indien
croit voir l'Esprit des ruines; il se recouche en fermant
les yeux et en invoquant son Manitou. Le lien est brisé.
Je me lève; je suis ma libératrice, qui me tend le bout
d'un arc dont elle tient l'autre extrémité. Mais que de
dangers nous environnent! Tantôt nous sommes près
de heurter des Sauvages endormis; tantôt une garde
nous interroge, et Atala répond en changeant sa voix.
Des enfants poussent des cris, des dogues aboient. A
peine sommes-nous sortis de l'enceinte funeste, que des
hurlements ébranlent la forêt. Le camp se réveille, mille
feux s'allument; on voit courir de tous côtés des Sauvages avec des flambeaux; nous précipitons notre
course.

   « Quand l'aurore se leva sur les Apalaches, nous
étions déjà loin. Quelle fut ma félicité, lorsque je me
trouvai encore une fois dans la solitude avec Atala, avec
Atala ma libératrice, avec Atala qui se donnait à moi
pour toujours! Les paroles manquèrent à ma langue, je
tombai à genoux, et je dis à la fille de Simaghan : « Les
« hommes sont bien peu de chose; mais quand les
« Génies les visitent, alors ils ne sont rien du tout. Vous

« êtes un génie, vous m'avez visité, et je ne puis parler
« devant vous. » Atala me tendit la main avec un
sourire : « Il faut bien, dit-elle, que je vous suive,
« puisque vous ne voulez pas fuir sans moi. Cette nuit,
« j'ai séduit le jongleur par des présents, j'ai enivré vos
« bourreaux avec de l'essence de feu[1], et j'ai dû hasar-
« der ma vie pour vous, puisque vous aviez donné la
« vôtre pour moi. Oui, jeune idolâtre, ajouta-t-elle avec
« un accent qui m'effraya, le sacrifice sera réci-
« proque. »

« Atala me remit les armes qu'elle avait eu soin
d'apporter ; ensuite elle pansa ma blessure. En
l'essuyant avec une feuille de papaya, elle la mouillait
de ses larmes. « C'est un baume, lui dis-je, que tu
« répands sur ma plaie. » « Je crains plutôt que ce ne
« soit un poison », répondit-elle. Elle déchira un des
voiles de son sein, dont elle fit une première compresse,
qu'elle attacha avec une boucle de ses cheveux.

« L'ivresse qui dure longtemps chez les Sauvages, et
qui est pour eux une espèce de maladie, les empêcha
sans doute de nous poursuivre durant les premières
journées. S'ils nous cherchèrent ensuite, il est probable
que ce fut du côté du couchant, persuadés que nous
aurions essayé de nous rendre au Meschacebé ; mais
nous avions pris notre route vers l'étoile immobile[2], en
nous dirigeant sur la mousse du tronc des arbres.

« Nous ne tardâmes pas à nous apercevoir que nous
avions peu gagné à ma délivrance. Le désert déroulait
maintenant devant nous ses solitudes démesurées. Sans
expérience de la vie des forêts, détournés de notre vrai
chemin, et marchant à l'aventure, qu'allions-nous devenir ? Souvent en regardant Atala, je me rappelais cette
antique histoire d'Agar, que Lopez m'avait fait lire, et
qui est arrivée dans le désert de Bersabée, il y a bien
longtemps, alors que les hommes vivaient trois âges de
chêne.

« Atala me fit un manteau avec la seconde écorce du
frêne, car j'étais presque nu. Elle me broda des mocas-

---

1. De l'eau-de-vie. *(Note de Chateaubriand.)*
2. Le Nord. *(Note de Chateaubriand.)*

sines[1] de peau de rat musqué, avec du poil de porc-épic. Je prenais soin à mon tour de sa parure. Tantôt je lui mettais sur la tête une couronne de ces mauves bleues, que nous trouvions sur notre route, dans des cimetières indiens abandonnés ; tantôt je lui faisais des colliers avec des graines rouges d'azaléa ; et puis je me prenais à sourire, en contemplant sa merveilleuse beauté.

« Quand nous rencontrions un fleuve, nous le passions sur un radeau ou à la nage. Atala appuyait une de ses mains sur mon épaule ; et, comme deux cygnes voyageurs, nous traversions ces ondes solitaires.

« Souvent dans les grandes chaleurs du jour, nous cherchions un abri sous les mousses des cèdres. Presque tous les arbres de la Floride, en particulier le cèdre et le chêne vert, sont couverts d'une mousse blanche qui descend de leurs rameaux jusqu'à terre. Quand la nuit, au clair de la lune, vous apercevez sur la nudité d'une savane, une yeuse isolée revêtue de cette draperie, vous croiriez voir un fantôme, traînant après lui ses longs voiles. La scène n'est pas moins pittoresque au grand jour ; car une foule de papillons, de mouches brillantes, de colibris, de perruches vertes, de geais d'azur, vient s'accrocher à ces mousses, qui produisent alors l'effet d'une tapisserie en laine blanche, où l'ouvrier Européen aurait brodé des insectes et des oiseaux éclatants.

« C'était dans ces riantes hôtelleries, préparées par le grand Esprit, que nous nous reposions à l'ombre. Lorsque les vents descendaient du ciel pour balancer ce grand cèdre, que le château aérien bâti sur ses branches allait flottant avec les oiseaux et les voyageurs endormis sous ses abris, que mille soupirs sortaient des corridors et des voûtes du mobile édifice, jamais les merveilles de l'ancien monde n'ont approché de ce monument du désert.

« Chaque soir nous allumions un grand feu, et nous bâtissions la hutte du voyage, avec une écorce élevée sur quatre piquets. Si j'avais tué une dinde sauvage, un

1. Chaussure indienne. *(Note de Chateaubriand.)*

ramier, un faisan des bois, nous le suspendions devant
le chêne embrasé, au bout d'une gaule plantée en terre,
et nous abandonnions au vent le soin de tourner la proie
du chasseur. Nous mangions des mousses appelées
tripes de roches, des écorces sucrées de bouleau, et des
pommes de mai, qui ont le goût de la pêche et de la
framboise. Le noyer noir, l'érable, le sumach, fournis-
saient le vin à notre table. Quelquefois j'allais chercher,
parmi les roseaux, une plante dont la fleur allongée en
cornet, contenait un verre de la plus pure rosée. Nous
bénissions la Providence qui, sur la faible tige d'une
fleur, avait placé cette source limpide au milieu des
marais corrompus, comme elle a mis l'espérance au
fond des cœurs ulcérés par le chagrin, comme elle a fait
jaillir la vertu du sein des misères de la vie.

« Hélas ! je découvris bientôt que je m'étais trompé
sur le calme apparent d'Atala. A mesure que nous
avancions, elle devenait triste. Souvent elle tressaillait
sans cause, et tournait précipitamment la tête. Je la
surprenais attachant sur moi un regard passionné,
qu'elle reportait vers le ciel avec une profonde mélancolie. Ce qui m'effrayait surtout, était un secret, une
pensée cachée au fond de son âme, que j'entrevoyais
dans ses yeux. Toujours m'attirant et me repoussant,
ranimant et détruisant mes espérances, quand je croyais
avoir fait un peu de chemin dans son cœur, je me
retrouvais au même point. Que de fois elle m'a dit : « O
« mon jeune amant ! je t'aime comme l'ombre des bois
« au milieu du jour ! Tu es beau comme le désert avec
« toutes ses fleurs et toutes ses brises. Si je me penche
« sur toi, je frémis ; si ma main tombe sur la tienne, il
« me semble que je vais mourir. L'autre jour le vent jeta
« tes cheveux sur mon visage, tandis que tu te délassais
« sur mon sein, je crus sentir le léger toucher des
« Esprits invisibles. Oui, j'ai vu les chevrettes de la
« montagne d'Occone ; j'ai entendu les propos des
« hommes rassasiés de jours ; mais la douceur des
« chevreaux et la sagesse des vieillards, sont moins
« plaisantes et moins fortes que tes paroles. Eh ! bien,
« pauvre Chactas, je ne serai jamais ton épouse ! »

« Les perpétuelles contradictions de l'amour et de la
religion d'Atala, l'abandon de sa tendresse et la chasteté

de ses mœurs, la fierté de son caractère et sa profonde sensibilité, l'élévation de son âme dans les grandes choses, sa susceptibilité dans les petites, tout en faisait pour moi un être incompréhensible. Atala ne pouvait pas prendre sur un homme un faible empire : pleine de passions, elle était pleine de puissance ; il fallait ou l'adorer, ou la haïr.

« Après quinze nuits d'une marche précipitée, nous entrâmes dans la chaîne des monts Allégany, et nous atteignîmes une des branches du Tenase, fleuve qui se jette dans l'Ohio. Aidé des conseils d'Atala, je bâtis un canot, que j'enduisis de gomme de prunier, après en avoir recousu les écorces avec des racines de sapin. Ensuite je m'embarquai avec Atala, et nous nous abandonnâmes au cours du fleuve.

« Le village indien de Sticoë, avec ses tombes pyramidales et ses huttes en ruines, se montrait à notre gauche, au détour d'un promontoire ; nous laissions à droite la vallée de Keow, terminée par la perspective des cabanes de Jore, suspendues au front de la montagne du même nom. Le fleuve qui nous entraînait, coulait entre de hautes falaises, au bout desquelles on apercevait le soleil couchant. Ces profondes solitudes n'étaient point troublées par la présence de l'homme. Nous ne vîmes qu'un chasseur Indien qui, appuyé sur son arc et immobile sur la pointe d'un rocher, ressemblait à une statue élevée dans la montagne au Génie de ces déserts.

« Atala et moi nous joignions notre silence au silence de cette scène. Tout à coup la fille de l'exil fit éclater dans les airs une voix pleine d'émotion et de mélancolie ; elle chantait la patrie absente :

« Heureux ceux qui n'ont point vu la fumée des fêtes « de l'étranger, et qui ne se sont assis qu'aux festins de « leurs pères !

« Si le geai bleu de Meschacebé disait à la nonpareille « des Florides : « Pourquoi vous plaignez-vous si triste- « ment ? N'avez-vous pas ici de belles eaux et de beaux « ombrages, et toutes sortes de pâtures comme dans vos « forêts ? » « Oui, répondrait la nonpareille fugitive ;

« mais mon nid est dans le jasmin, qui me l'apportera ?
« Et le soleil de ma savane, l'avez-vous ? »

« Heureux ceux qui n'ont point vu la fumée des fêtes
« de l'étranger, et qui ne se sont assis qu'aux festins de
« leurs pères !

« Après les heures d'une marche pénible, le voyageur
« s'assied tristement. Il contemple autour de lui les toits
« des hommes ; le voyageur n'a pas un lieu où reposer sa
« tête. Le voyageur frappe à la cabane, il met son arc
« derrière la porte, il demande l'hospitalité ; le maître
« fait un geste de la main ; le voyageur reprend son arc,
« et retourne au désert ! »

« Heureux ceux qui n'ont point vu la fumée des fêtes
« de l'étranger, et qui ne se sont assis qu'aux festins de
« leurs pères !

« Merveilleuses histoires racontées autour du foyer,
« tendres épanchements du cœur, longues habitudes
« d'aimer si nécessaires à la vie, vous avez rempli les
« journées de ceux qui n'ont point quitté leur pays
« natal ! Leurs tombeaux sont dans leur patrie, avec le
« soleil couchant, les pleurs de leurs amis et les charmes
« de la religion.

« Heureux ceux qui n'ont point vu la fumée des fêtes
« de l'étranger, et qui ne se sont assis qu'aux festins de
« leurs pères ! »

« Ainsi chantait Atala. Rien n'interrompait ses
plaintes, hors le bruit insensible de notre canot sur les
ondes. En deux ou trois endroits seulement, elles furent
recueillies par un faible écho qui les redit à un second
plus faible, et celui-ci à un troisième plus faible encore :
on eût cru que les âmes de deux amants jadis infortunés
comme nous, attirées par cette mélodie touchante, se
plaisaient à en soupirer les derniers sons dans la montagne.

« Cependant la solitude, la présence continuelle de
l'objet aimé, nos malheurs mêmes, redoublaient à
chaque instant notre amour. Les forces d'Atala
commençaient à l'abandonner, et les passions, en abat-

tant son corps, allaient triompher de sa vertu. Elle priait continuellement sa mère, dont elle avait l'air de vouloir apaiser l'ombre irritée. Quelquefois elle me demandait si je n'entendais pas une voix plaintive, si je ne voyais pas des flammes sortir de la terre. Pour moi, épuisé de fatigue, mais toujours brûlant de désir, songeant que j'étais peut-être perdu sans retour au milieu de ces forêts, cent fois je fus prêt à saisir mon épouse dans mes bras, cent fois je lui proposai de bâtir une hutte sur ces rivages et de nous y ensevelir ensemble. Mais elle me résista toujours : « Songe, me disait-elle, mon jeune « ami, qu'un guerrier se doit à sa patrie. Qu'est-ce « qu'une femme auprès des devoirs que tu as à remplir ? « Prends courage, fils d'Outalissi, ne murmure point « contre ta destinée. Le cœur de l'homme est comme « l'éponge du fleuve, qui tantôt boit une onde pure « dans les temps de sérénité, tantôt s'enfle d'une eau « bourbeuse, quand le ciel a troublé les eaux. L'éponge « a-t-elle le droit de dire : « Je croyais qu'il n'y aurait « jamais d'orages, que le soleil ne serait jamais brû- « lant ? »

« O René, si tu crains les troubles du cœur, défie-toi de la solitude : les grandes passions sont solitaires, et les transporter au désert, c'est les rendre à leur empire. Accablés de soucis et de craintes, exposés à tomber entre les mains des Indiens ennemis, à être engloutis dans les eaux, piqués des serpents, dévorés des bêtes, trouvant difficilement une chétive nourriture, et ne sachant plus de quel côté tourner nos pas, nos maux semblaient ne pouvoir plus s'accroître, lorsqu'un accident y vint mettre le comble.

« C'est le vingt-septième soleil depuis notre départ des cabanes : la *lune de feu*[1] avait commencé son cours, et tout annonçait un orage. Vers l'heure où les matrones indiennes suspendent la crosse du labour aux branches du savinier, et où les perruches se retirent dans le creux des cyprès, le ciel commença à se couvrir. Les voix de la solitude s'éteignirent, le désert fit silence, et les forêts demeurèrent dans un calme universel. Bientôt les

---

1. Mois de juillet. *(Note de Chateaubriand.)*

roulements d'un tonnerre lointain, se prolongeant dans ces bois aussi vieux que le monde, en firent sortir des bruits sublimes. Craignant d'être submergés, nous nous hâtâmes de gagner le bord du fleuve, et de nous retirer dans une forêt.

« Ce lieu était un terrain marécageux. Nous avancions avec peine sous une voûte de smilax, parmi des ceps de vigne, des indigos, des faséoles, des lianes rampantes, qui entravaient nos pieds comme des filets. Le sol spongieux tremblait autour de nous, et à chaque instant nous étions près d'être engloutis dans des fondrières. Des insectes sans nombre, d'énormes chauves-souris nous aveuglaient ; les serpents à sonnette bruissaient de toutes parts ; et les loups, les ours, les carcajous, les petits tigres, qui venaient se cacher dans ces retraites, les remplissaient de leurs rugissements.

« Cependant l'obscurité redouble : les nuages abaissés entrent sous l'ombrage des bois. La nue se déchire, et l'éclair trace un rapide losange de feu. Un vent impétueux sorti du couchant roule les nuages sur les nuages ; les forêts plient ; le ciel s'ouvre coup sur coup et, à travers ses crevasses, on aperçoit de nouveaux cieux et des campagnes ardentes. Quel affreux, quel magnifique spectacle ! La foudre met le feu dans les bois ; l'incendie s'étend comme une chevelure de flammes ; des colonnes d'étincelles et de fumée assiègent les nues qui vomissent leurs foudres dans le vaste embrasement. Alors le grand Esprit couvre les montagnes d'épaisses ténèbres ; du milieu de ce vaste chaos s'élève un mugissement confus formé par le fracas des vents, le gémissement des arbres, le hurlement des bêtes féroces, le bourdonnement de l'incendie, et la chute répétée du tonnerre qui siffle en s'éteignant dans les eaux.

« Le grand Esprit le sait ! Dans ce moment je ne vis qu'Atala, je ne pensai qu'à elle. Sous le tronc penché d'un bouleau, je parvins à la garantir des torrents de la pluie. Assis moi-même sous l'arbre, tenant ma bien-aimée sur mes genoux, et réchauffant ses pieds nus entre mes mains, j'étais plus heureux que la nouvelle épouse qui sent pour la première fois son fruit tressaillir dans son sein.

« Nous prêtions l'oreille au bruit de la tempête ; tout à coup je sentis une larme d'Atala tomber sur mon sein : « Orage du cœur, m'écriai-je, est-ce une goutte « de votre pluie ? » Puis embrassant étroitement celle que j'aimais : « Atala, lui dis-je, vous me cachez quel- « que chose. Ouvre-moi ton cœur, ô ma beauté ! cela « fait tant de bien, quand un ami regarde dans notre « âme ! Raconte-moi cet autre secret de la douleur que « tu t'obstines à taire. Ah ! je le vois, tu pleures ta « patrie. » Elle repartit aussitôt : « Enfant des hommes, « comment pleurerais-je ma patrie, puisque mon père « n'était pas du pays des palmiers ? » « Quoi, répli- « quai-je avec un profond étonnement, votre père « n'était point du pays des palmiers ! Quel est donc « celui qui vous a mise sur cette terre ? Répondez. » Atala dit ces paroles :

« Avant que ma mère eût apporté en mariage au « guerrier Simaghan trente cavales, vingt buffles, cent « mesures d'huile de glands, cinquante peaux de cas- « tors et beaucoup d'autres richesses, elle avait connu « un homme de la chair blanche. Or, la mère de ma « mère lui jeta de l'eau au visage, et la contraignit « d'épouser le magnanime Simaghan, tout semblable à « un roi, et honoré des peuples comme un Génie. Mais « ma mère dit à son nouvel époux : « Mon ventre a « conçu, tuez-moi. » Simaghan lui répondit : « Le « grand Esprit me garde d'une si mauvaise action. Je ne « vous mutilerai point, je ne vous couperai point le nez « ni les oreilles, parce que vous avez été sincère et que « vous n'avez point trompé ma couche. Le fruit de vos « entrailles sera mon fruit, et je ne vous visiterai « qu'après le départ de l'oiseau de rizière, lorsque la « treizième lune aura brillé. » En ce temps-là, je brisai « le sein de ma mère, et je commençai à croître, fière « comme une Espagnole et comme une Sauvage. Ma « mère me fit chrétienne, afin que son Dieu et le Dieu « de mon père fût aussi mon Dieu. Ensuite le chagrin « d'amour vint la chercher, et elle descendit dans la « petite cave garnie de peaux, d'où l'on ne sort jamais. »

« Telle fut l'histoire d'Atala. « Et quel était donc ton « pauvre père, pauvre orpheline, lui dis-je ? Comment

« les hommes l'appelaient-ils sur la terre, et quel nom
« portait-il parmi les Génies ? » « Je n'ai jamais lavé les
« pieds de mon père, dit Atala ; je sais seulement qu'il
« vivait avec sa sœur à Saint-Augustin, et qu'il a tou-
« jours été fidèle à ma mère : Philippe était son nom
« parmi les anges, et les hommes le nommaient
« Lopez. »

« À ces mots, je poussai un cri qui retentit dans toute
la solitude ; le bruit de mes transports se mêla au bruit
de l'orage. Serrant Atala sur mon cœur, je m'écriai avec
des sanglots : « O ma sœur ! ô fille de Lopez ! fille de
« mon bienfaiteur ! »

Atala effrayée, me demanda d'où venait mon
trouble ; mais quand elle sut que Lopez était cet hôte
généreux qui m'avait adopté à Saint-Augustin, et que
j'avais quitté pour être libre, elle fut saisie elle-même de
confusion et de joie.

« C'en était trop pour nos cœurs que cette amitié
fraternelle qui venait nous visiter, et joindre son amour
à notre amour. Désormais les combats d'Atala allaient
devenir inutiles : en vain je la sentis porter une main à
son sein, et faire un mouvement extraordinaire ; déjà je
l'avais saisie, déjà je m'étais enivré de son souffle, déjà
j'avais bu toute la magie de l'amour sur ses lèvres. Les
yeux levés vers le ciel, à la lueur des éclairs, je tenais
mon épouse dans mes bras, en présence de l'Éternel.
Pompe nuptiale, digne de nos malheurs et de la grandeur de nos amours : superbes forêts qui agitiez vos
lianes et vos dômes comme les rideaux et le ciel de notre
couche, pins embrasés qui formiez les flambeaux de
notre hymen, fleuve débordé, montagnes mugissantes,
affreuse et sublime nature, n'étiez-vous donc qu'un
appareil préparé pour nous tromper, et ne pûtes-vous
cacher un moment dans vos mystérieuses horreurs la
félicité d'un homme !

« Atala n'offrait plus qu'une faible résistance ; je
touchais au moment du bonheur, quand tout à coup un
impétueux éclair, suivi d'un éclat de la foudre, sillonne
l'épaisseur des ombres, remplit la forêt de soufre et de
lumière, et brise un arbre à nos pieds. Nous fuyons. O
surprise !… dans le silence qui succède, nous entendons

le son d'une cloche! Tous deux interdits, nous prêtons
l'oreille à ce bruit si étrange dans un désert. A l'instant
un chien aboie dans le lointain; il approche, il redouble
ses cris, il arrive, il hurle de joie à nos pieds; un vieux
Solitaire portant une petite lanterne, le suit à travers les
ténèbres de la forêt. « La Providence soit bénie! s'écria-
« t-il, aussitôt qu'il nous aperçut. Il y a bien longtemps
« que je vous cherche! Notre chien vous a sentis dès le
« commencement de l'orage, et il m'a conduit ici. Bon
« Dieu! comme ils sont jeunes! Pauvres enfants!
« comme ils ont dû souffrir! Allons : j'ai apporté une
« peau d'ours, ce sera pour cette jeune femme; voici un
« peu de vin dans notre calebasse. Que Dieu soit loué
« dans toutes ses œuvres! sa miséricorde est bien
« grande, et sa bonté est infinie! »

« Atala était aux pieds du religieux : « Chef de la
« prière, lui disait-elle, je suis chrétienne, c'est le ciel
« qui t'envoie pour me sauver. » « Ma fille, dit l'ermite
« en la relevant, nous sonnons ordinairement la cloche
« de la Mission pendant la nuit et pendant les tempêtes,
« pour appeler les étrangers; et, à l'exemple de nos
« frères des Alpes et du Liban, nous avons appris à
« notre chien à découvrir les voyageurs égarés. » Pour
moi, je comprenais à peine l'ermite; cette charité me
semblait si fort au-dessus de l'homme, que je croyais
faire un songe. A la lueur de la petite lanterne que tenait
le religieux, j'entrevoyais sa barbe et ses cheveux tout
trempés d'eau; ses pieds, ses mains et son visage étaient
ensanglantés par les ronces. « Vieillard, m'écriai-je
« enfin, quel cœur as-tu donc, toi qui n'as pas craint
« d'être frappé de la foudre? » « Craindre! repartit le
« père avec une sorte de chaleur; craindre, lorsqu'il y a
« des hommes en péril, et que je leur puis être utile! je
« serais donc un bien indigne serviteur de Jésus-
« Christ! » « Mais sais-tu, lui dis-je, que je ne suis pas
« chrétien! » « Jeune homme, répondit l'ermite, vous
« ai-je demandé votre religion? Jésus-Christ n'a pas
« dit : « Mon sang lavera celui-ci, et non celui-là. » Il
« est mort pour le juif et le gentil, et il n'a vu dans tous
« les hommes que des frères et des infortunés. Ce que je
« fais ici pour vous, est fort peu de chose, et vous
« trouveriez ailleurs bien d'autres secours; mais la

« gloire n'en doit point retomber sur les prêtres. Que
« sommes-nous, faibles Solitaires, sinon de grossiers
« instruments d'une œuvre céleste? Eh! que serait le
« soldat assez lâche pour reculer, lorsque son chef, la
« croix à la main, et le front couronné d'épines, marche
« devant lui au secours des hommes? »

   « Ces paroles saisirent mon cœur; des larmes d'admiration et de tendresse tombèrent de mes yeux. « Mes
« chers enfants, dit le missionnaire, je gouverne dans
« ces forêts un petit troupeau de vos frères sauvages.
« Ma grotte est assez près d'ici dans la montagne; venez
« vous réchauffer chez moi; vous n'y trouverez pas les
« commodités de la vie, mais vous y aurez un abri; et il
« faut encore en remercier la Bonté divine, car il y a
« bien des hommes qui en manquent. »

LES LABOUREURS

« Il y a des justes dont la conscience est si tranquille, qu'on ne peut approcher d'eux sans participer à la paix qui s'exhale, pour ainsi dire, de leur cœur et de leurs discours. A mesure que le Solitaire parlait, je sentais les passions s'apaiser dans mon sein, et l'orage même dans le ciel, semblait s'éloigner à sa voix. Les nuages furent bientôt assez dispersés pour nous permettre de quitter notre retraite. Nous sortîmes de la forêt, et nous commençâmes à gravir le revers d'une haute montagne. Le chien marchait devant nous, en portant au bout d'un bâton la lanterne éteinte. Je tenais la main d'Atala, et nous suivions le missionnaire. Il se détournait souvent pour nous regarder, contemplant avec pitié nos malheurs et notre jeunesse. Un livre était suspendu à son cou; il s'appuyait sur un bâton blanc. Sa taille était élevée, sa figure pâle et maigre, sa physionomie simple et sincère. Il n'avait pas les traits morts et effacés de l'homme né sans passions; on voyait que ses jours avaient été mauvais, et les rides de son front montraient les belles cicatrices des passions guéries par la vertu et par l'amour de Dieu et des hommes. Quand il nous parlait debout et immobile, sa longue barbe, ses yeux modestement baissés, le son affectueux de sa voix, tout en lui avait quelque chose de calme et de sublime. Quiconque a vu, comme moi, le P. Aubry cheminant seul avec son bâton et son bréviaire dans le désert, a une véritable idée du voyageur chrétien sur la terre.

« Après une demi-heure d'une marche dangereuse par les sentiers de la montagne, nous arrivâmes à la grotte du missionnaire. Nous y entrâmes à travers les lierres et les giraumonts humides, que la pluie avait abattus des rochers. Il n'y avait dans ce lieu qu'une natte de feuilles de papaya, une calebasse pour puiser de l'eau, quelques vases de bois, une bêche, un serpent familier, et sur une pierre qui servait de table, un crucifix et le livre des Chrétiens.

« L'homme des anciens jours se hâta d'allumer du feu avec des lianes sèches; il brisa du maïs entre deux pierres, et en ayant fait un gâteau, il le mit cuire sous la cendre. Quand ce gâteau eut pris au feu une belle couleur dorée, il nous le servit tout brûlant, avec de la crème de noix dans un vase d'érable.

« Le soir ayant ramené la sérénité, le serviteur du grand Esprit nous proposa d'aller nous asseoir à l'entrée de la grotte. Nous le suivîmes dans ce lieu, qui commandait une vue immense. Les restes de l'orage étaient jetés en désordre vers l'orient; les feux de l'incendie allumé dans les forêts par la foudre, brillaient encore dans le lointain; au pied de la montagne un bois de pins tout entier était renversé dans la vase et le fleuve roulait pêle-mêle les argiles détrempées, les troncs des arbres, les corps des animaux et les poissons morts, dont on voyait le ventre argenté flotter à la surface des eaux.

« Ce fut au milieu de cette scène qu'Atala raconta notre histoire au vieux Génie de la montagne. Son cœur parut touché, et des larmes tombèrent sur sa barbe : « Mon enfant, dit-il à Atala, il faut offrir vos souffrances « à Dieu, pour la gloire de qui vous avez déjà fait tant de « choses; il vous rendra le repos. Voyez fumer ces « forêts, sécher ces torrents, se dissiper ces nuages; « croyez-vous que celui qui peut calmer une pareille « tempête, ne pourra pas apaiser les troubles du cœur « de l'homme ? Si vous n'avez pas de meilleure retraite, « ma chère fille, je vous offre une place au milieu du « troupeau que j'ai eu le bonheur d'appeler à Jésus-« Christ. J'instruirai Chactas, et je vous le donnerai « pour époux quand il sera digne de l'être. »

« A ces mots je tombai aux genoux du Solitaire, en versant des pleurs de joie ; mais Atala devint pâle comme la mort. Le vieillard me releva avec bénignité, et je m'aperçus alors qu'il avait les deux mains mutilées. Atala comprit sur-le-champ ses malheurs. « Les bar-« bares ! » s'écria-t-elle.

« Ma fille, reprit le père avec un doux sourire, « qu'est-ce que cela auprès de ce qu'a enduré mon divin « Maître ? Si les Indiens idolâtres m'ont affligé, ce sont « de pauvres aveugles que Dieu éclairera un jour. Je les « chéris même davantage, en proportion des maux « qu'ils m'ont faits. Je n'ai pu rester dans ma patrie où « j'étais retourné, et où une illustre reine m'a fait « l'honneur de vouloir contempler ces faibles marques « de mon apostolat. Et quelle récompense plus glo-« rieuse pouvais-je recevoir de mes travaux, que d'avoir « obtenu du chef de notre religion la permission de « célébrer le divin sacrifice avec ces mains mutilées ? Il « ne me restait plus, après un tel honneur, qu'à tâcher « de m'en rendre digne : je suis revenu au Nouveau-« Monde consumer le reste de ma vie au service de mon « Dieu. Il y a bientôt trente ans que j'habite cette « solitude, et il y en aura demain vingt-deux, que j'ai « pris possession de ce rocher. Quand j'arrivai dans ces « lieux, je n'y trouvai que des familles vagabondes, « dont les mœurs étaient féroces et la vie fort misérable. « Je leur ai fait entendre la parole de paix, et leurs « mœurs se sont graduellement adoucies. Ils vivent « maintenant rassemblés au bas de cette montagne. J'ai « tâché, en leur enseignant les voies du salut, de leur « apprendre les premiers arts de la vie, mais sans les « porter trop loin, et en retenant ces honnêtes gens dans « cette simplicité qui fait le bonheur. Pour moi, crai-« gnant de les gêner par ma présence, je me suis retiré « sous cette grotte, où ils viennent me consulter. C'est « ici que loin des hommes, j'admire Dieu dans la « grandeur de ces solitudes, et que je me prépare à la « mort, que m'annoncent mes vieux jours. »

« En achevant ces mots, le Solitaire se mit à genoux, et nous imitâmes son exemple. Il commença à haute voix une prière, à laquelle Atala répondait. De muets

éclairs ouvraient encore les cieux dans l'orient, et sur les
nuages du couchant, trois soleils brillaient ensemble.
Quelques renards dispersés par l'orage allongeaient
leurs museaux noirs au bord des précipices, et l'on
entendait le frémissement des plantes qui séchant à la
brise du soir, relevaient de toutes parts leurs tiges
abattues.

« Nous rentrâmes dans la grotte, où l'ermite étendit
un lit de mousse de cyprès pour Atala. Une profonde
langueur se peignait dans les yeux et dans les mouvements de cette vierge ; elle regardait le P. Aubry,
comme si elle eût voulu lui communiquer un secret ;
mais quelque chose semblait la retenir, soit ma présence, soit une certaine honte, soit l'inutilité de l'aveu.
Je l'entendis se lever au milieu de la nuit ; elle cherchait
le Solitaire, mais comme il lui avait donné sa couche, il
était allé contempler la beauté du ciel et prier Dieu sur
le sommet de la montagne. Il me dit le lendemain que
c'était assez sa coutume, même pendant l'hiver, aimant
à voir les forêts balancer leurs cimes dépouillées, les
nuages voler dans les cieux, et à entendre les vents et les
torrents gronder dans la solitude. Ma sœur fut donc
obligée de retourner à sa couche, où elle s'assoupit.
Hélas ! comblé d'espérance, je ne vis dans la faiblesse
d'Atala que des marques passagères de lassitude !

« Le lendemain je m'éveillai aux chants des cardinaux et des oiseaux moqueurs, nichés dans les acacias et
les lauriers qui environnaient la grotte. J'allai cueillir
une rose de magnolia, et je la déposai humectée des
larmes du matin sur la tête d'Atala endormie. J'espé-
rais, selon la religion de mon pays, que l'âme de
quelque enfant mort à la mamelle, serait descendue sur
cette fleur dans une goutte de rosée, et qu'un heureux
songe la porterait au sein de ma future épouse. Je
cherchai ensuite mon hôte ; je le trouvai, la robe relevée
dans ses deux poches, un chapelet à la main, et m'attendant assis sur le tronc d'un pin tombé de vieillesse. Il
me proposa d'aller avec lui à la Mission, tandis qu'Atala
reposait encore ; j'acceptai son offre, et nous nous
mîmes en route à l'instant.

« En descendant la montagne, j'aperçus des chênes

où les Génies semblaient avoir dessiné des caractères étrangers. L'ermite me dit qu'il les avait tracés lui-même, que c'étaient des vers d'un ancien poète appelé Homère, et quelques sentences d'un autre poète plus ancien encore, nommé Salomon. Il y avait, je ne sais quelle mystérieuse harmonie entre cette sagesse des temps, ces vers rongés de mousse, ce vieux Solitaire qui les avait gravés, et ces vieux chênes qui lui servaient de livres.

« Son nom, son âge, la date de sa mission, étaient aussi marqués sur un roseau de savane, au pied de ces arbres. Je m'étonnai de la fragilité du dernier monument : « Il durera encore plus que moi, me répondit le « père, et aura toujours plus de valeur que le peu de « bien que j'ai fait. »

« De là, nous arrivâmes à l'entrée d'une vallée, où je vis un ouvrage merveilleux : c'était un pont naturel, semblable à celui de la Virginie, dont tu as peut-être entendu parler. Les hommes, mon fils, surtout ceux de ton pays, imitent souvent la nature, et leurs copies sont toujours petites ; il n'en est pas ainsi de la nature, quand elle a l'air d'imiter les travaux des hommes, en leur offrant en effet des modèles. C'est alors qu'elle jette des ponts du sommet d'une montagne au sommet d'une autre montagne, suspend des chemins dans les nues, répand des fleuves pour canaux, sculpte des monts pour colonnes, et pour bassins creuse des mers.

« Nous passâmes sous l'arche unique de ce pont et nous nous trouvâmes devant une autre merveille : c'était le cimetière des Indiens de la Mission, ou *les Bocages de la mort*. Le P. Aubry avait permis à ses néophytes d'ensevelir leurs morts à leur manière et de conserver au lieu de leurs sépultures son nom sauvage ; il avait seulement sanctifié ce lieu par une croix[1]. Le sol en était divisé, comme le champ commun des moissons, en autant de lots qu'il y avait de familles. Chaque lot faisait à lui seul un bois qui variait selon le goût de ceux qui l'avaient planté. Un ruisseau serpentait sans bruit

1. Le P. Aubry avait fait comme les Jésuites à la Chine, qui permettaient aux Chinois d'enterrer leurs parents dans leurs jardins, selon leur ancienne coutume. (*Note de Chateaubriand.*)

au milieu de ces bocages ; on l'appelait *le Ruisseau de la paix*. Ce riant asile des âmes était fermé à l'orient par le pont sous lequel nous avions passé ; deux collines le bornaient au septentrion et au midi ; il ne s'ouvrait qu'à l'occident, où s'élevait un grand bois de sapins. Les troncs de ces arbres, rouges marbrés de vert, montant sans branches jusqu'à leurs cimes, ressemblaient à de hautes colonnes, et formaient le péristyle de ce temple de la mort ; il y régnait un bruit religieux, semblable au sourd mugissement de l'orgue sous les voûtes d'une église ; mais lorsqu'on pénétrait au fond du sanctuaire, on n'entendait plus que les hymnes des oiseaux qui célébraient à la mémoire des morts une fête éternelle.

« En sortant de ce bois, nous découvrîmes le village de la Mission, situé au bord d'un lac, au milieu d'une savane semée de fleurs. On y arrivait par une avenue de magnolias et de chênes verts, qui bordaient une de ces anciennes routes, que l'on trouve vers les montagnes qui divisent le Kentucky des Florides. Aussitôt que les Indiens aperçurent leur pasteur dans la plaine, ils abandonnèrent leurs travaux et accoururent au-devant de lui. Les uns baisaient sa robe, les autres aidaient ses pas ; les mères élevaient dans leurs bras leurs petits enfants, pour leur faire voir l'homme de Jésus-Christ, qui répandait des larmes. Il s'informait, en marchant, de ce qui se passait au village ; il donnait un conseil à celui-ci, réprimandait doucement celui-là, il parlait des moissons à recueillir, des enfants à instruire, des peines à consoler, et il mêlait Dieu à tous ses discours.

« Ainsi escortés, nous arrivâmes au pied d'une grande croix qui se trouvait sur le chemin. C'était là que le serviteur de Dieu avait accoutumé de célébrer les mystères de sa religion : « Mes chers néophytes, dit-il « en se tournant vers la foule, il vous est arrivé un frère « et une sœur ; et pour surcroît de bonheur, je vois que « la divine Providence a épargné hier vos moissons : « voilà deux grandes raisons de la remercier. Offrons « donc le saint sacrifice, et que chacun y apporte un « recueillement profond, une foi vive, une reconnais-« sance infinie et un cœur humilié. »

« Aussitôt le prêtre divin revêt une tunique blanche

d'écorce de mûriers ; les vases sacrés sont tirés d'un tabernacle au pied de la croix, l'autel se prépare sur un quartier de roche, l'eau se puise dans le torrent voisin, et une grappe de raisin sauvage fournit le vin du sacrifice. Nous nous mettons tous à genoux dans les hautes herbes ; le mystère commence.

« L'aurore paraissant derrière les montagnes enflammait l'orient. Tout était d'or ou de rose dans la solitude. L'astre annoncé par tant de splendeur, sortit enfin d'un abîme de lumière, et son premier rayon rencontra l'hostie consacrée, que le prêtre, en ce moment même, élevait dans les airs. O charme de la religion ! O magnificence du culte chrétien ! Pour sacrificateur un vieil ermite, pour autel un rocher, pour église le désert, pour assistance d'innocents Sauvages ! Non, je ne doute point qu'au moment où nous nous prosternâmes, le grand mystère ne s'accomplît et que Dieu ne descendît sur la terre, car je le sentis descendre dans mon cœur.

« Après le sacrifice, où il ne manqua pour moi que la fille de Lopez, nous nous rendîmes au village. Là, régnait le mélange le plus touchant de la vie sociale et de la vie de la nature : au coin d'une cyprière de l'antique désert, on découvrait une culture naissante ; les épis roulaient à flots d'or sur le tronc du chêne abattu, et la gerbe d'un été remplaçait l'arbre de trois siècles. Partout on voyait les forêts livrées aux flammes pousser de grosses fumées dans les airs, et la charrue se promener lentement entre les débris de leurs racines. Des arpenteurs avec de longues chaînes allaient mesurant le terrain ; des arbitres établissaient les premières propriétés ; l'oiseau cédait son nid ; le repaire de la bête féroce se changeait en une cabane ; on entendait gronder des forges, et les coups de la cognée faisaient, pour la dernière fois, mugir des échos expirant eux-mêmes avec les arbres qui leur servaient d'asile.

« J'errais avec ravissement au milieu de ces tableaux, rendus plus doux par l'image d'Atala et par les rêves de félicité dont je berçais mon cœur. J'admirais le triomphe du Christianisme sur la vie sauvage ; je voyais l'Indien se civilisant à la voix de la religion ; j'assistais aux noces primitives de l'Homme et de la Terre :

l'homme, par ce grand contrat, abandonnant à la terre
l'héritage de ses sœurs, et la terre s'engageant, en
retour, à porter fidèlement les moissons, les fils et les
cendres de l'homme.

« Cependant on présenta un enfant au missionnaire,
qui le baptisa parmi des jasmins en fleurs, au bord
d'une source, tandis qu'un cercueil, au milieu des jeux
et des travaux, se rendait aux Bocages de la mort. Deux
époux reçurent la bénédiction nuptiale sous un chêne,
et nous allâmes ensuite les établir dans un coin du
désert. Le pasteur marchait devant nous, bénissant çà
et là, et le rocher, et l'arbre, et la fontaine, comme
autrefois, selon le livre des Chrétiens, Dieu bénit la
terre inculte en la donnant en héritage à Adam. Cette
procession, qui pêle-mêle avec ses troupeaux suivait de
rocher en rocher son chef vénérable, représentait à mon
cœur attendri ces migrations des premières familles,
alors que Sem, avec ses enfants, s'avançait à travers le
monde inconnu, en suivant le soleil, qui marchait
devant lui.

« Je voulus savoir du saint ermite comment il gouver-
nait ses enfants ; il me répondit avec une grande
complaisance : « Je ne leur ai donné aucune loi ; je leur
« ai seulement enseigné à s'aimer, à prier Dieu, et à
« espérer une meilleure vie : toutes les lois du monde
« sont là-dedans. Vous voyez au milieu du village une
« cabane plus grande que les autres : elle sert de cha-
« pelle dans la saison des pluies. On s'y assemble soir et
« matin pour louer le Seigneur, et quand je suis absent,
« c'est un vieillard qui fait la prière ; car la vieillesse est,
« comme la maternité, une espèce de sacerdoce.
« Ensuite, on va travailler dans les champs, et si les
« propriétés sont divisées, afin que chacun puisse
« apprendre l'économie sociale, les moissons sont dépo-
« sées dans des greniers communs, pour maintenir la
« charité fraternelle. Quatre vieillards distribuent avec
« égalité le produit du labeur. Ajoutez à cela des céré-
« monies religieuses, beaucoup de cantiques, la croix
« où j'ai célébré les mystères, l'ormeau sous lequel je
« prêche dans les bons jours, nos tombeaux tout près de
« nos champs de blé, nos fleuves où je plonge les petits

« enfants et les saint Jean de cette nouvelle Béthanie,
« vous aurez une idée complète de ce royaume de
« Jésus-Christ. »

« Les paroles du Solitaire me ravirent, et je sentis la
supériorité de cette vie stable et occupée, sur la vie
errante et oisive du Sauvage.

« Ah ! René, je ne murmure point contre la Providence, mais j'avoue que je ne me rappelle jamais cette
société évangélique sans éprouver l'amertume des
regrets. Qu'une hutte, avec Atala sur ces bords, eût
rendu ma vie heureuse ! Là finissaient toutes mes
courses ; là, avec une épouse, inconnu des hommes,
cachant mon bonheur au fond des forêts, j'aurais passé
comme ces fleuves, qui n'ont pas même un nom dans le
désert. Au lieu de cette paix que j'osais alors me
promettre, dans quel trouble n'ai-je point coulé mes
jours ! Jouet continuel de la fortune, brisé sur tous les
rivages, longtemps exilé de mon pays, et n'y trouvant, à
mon retour, qu'une cabane et des amis dans la tombe :
telle devait être la destinée de Chactas. »

LE DRAME

« Si mon songe de bonheur fut vif, il fut aussi d'une courte durée, et le réveil m'attendait à la grotte du Solitaire. Je fus surpris, en y arrivant au milieu du jour, de ne pas voir Atala accourir au-devant de nos pas. Je ne sais quelle soudaine horreur me saisit. En approchant de la grotte, je n'osais appeler la fille de Lopez : mon imagination était également épouvantée, ou du bruit, ou du silence qui succéderait à mes cris. Encore plus effrayé de la nuit qui régnait à l'entrée du rocher, je dis au missionnaire : « O vous, que le ciel accompagne « et fortifie, pénétrez dans ces ombres. »

« Qu'il est faible celui que les passions dominent ! Qu'il est fort celui qui se repose en Dieu ! Il y avait plus de courage dans ce cœur religieux, flétri par soixante-seize années, que dans toute l'ardeur de ma jeunesse. L'homme de paix entra dans la grotte, et je restai au-dehors plein de terreur. Bientôt un faible murmure, semblable à des plaintes, sortit du fond du rocher, et vint frapper mon oreille. Poussant un cri, et retrouvant mes forces, je m'élançai dans la nuit de la caverne... Esprits de mes pères ! vous savez seuls le spectacle qui frappa mes yeux !

« Le Solitaire avait allumé un flambeau de pin ; il le tenait d'une main tremblante, au-dessus de la couche d'Atala. Cette belle et jeune femme, à moitié soulevée sur le coude, se montrait pâle et échevelée. Les gouttes d'une sueur pénible brillaient sur son front ; ses regards à demi éteints cherchaient encore à m'exprimer son amour, et sa bouche essayait de sourire. Frappé comme d'un coup de foudre, les yeux fixés, les bras étendus, les lèvres entr'ouvertes, je demeurai immobile. Un profond silence règne un moment parmi les trois personnages de cette scène de douleur. Le Solitaire le rompt le premier : « Ceci, dit-il, ne sera qu'une fièvre occasion-« née par la fatigue, et si nous nous résignons à la « volonté de Dieu, il aura pitié de nous. »

« A ces paroles, le sang suspendu reprit son cours dans mon cœur, et avec la mobilité du Sauvage, je passai subitement de l'excès de la crainte à l'excès de la confiance. Mais Atala ne m'y laissa pas longtemps. Balançant tristement la tête, elle nous fit signe de nous approcher de sa couche.

« Mon père, dit-elle d'une voix affaiblie, en s'adres-« sant au religieux, je touche au moment de la mort. « O Chactas ! écoute sans désespoir le funeste secret « que je t'ai caché, pour ne pas te rendre trop misé-« rable, et pour obéir à ma mère. Tâche de ne pas « m'interrompre par des marques d'une douleur, qui « précipiterait le peu d'instants que j'ai à vivre. J'ai « beaucoup de choses à raconter, et aux battements de « ce cœur, qui se ralentissent... à je ne sais quel fardeau « glacé que mon sein soulève à peine... je sens que je ne « me saurais trop hâter. »

« Après quelques moments de silence, Atala poursui-vit ainsi :

« Ma triste destinée a commencé presque avant que « j'eusse vu la lumière. Ma mère m'avait conçue dans le « malheur ; je fatiguais son sein, et elle me mit au « monde avec de grands déchirements d'entrailles : on « désespéra de ma vie. Pour sauver mes jours, ma mère « fit un vœu : elle promit à la Reine des Anges que je lui « consacrerais ma virginité, si j'échappais à la mort... « Vœu fatal qui me précipite au tombeau ! »

« J'entrais dans ma seizième année, lorsque je perdis « ma mère. Quelques heures avant de mourir, elle « m'appela au bord de sa couche. Ma fille, me dit-elle « en présence d'un missionnaire qui consolait ses der-« niers instants ; ma fille, tu sais le vœu que j'ai

« fait pour toi. Voudrais-tu démentir ta mère ? O mon
« Atala ! je te laisse dans un monde, qui n'est pas digne
« de posséder une chrétienne, au milieu d'idolâtres qui
« persécutent le Dieu de ton père et le mien, le Dieu
« qui, après t'avoir donné le jour, te l'a conservé par un
« miracle. Eh ! ma chère enfant, en acceptant le voile
« des vierges, tu ne fais que renoncer aux soucis de la
« cabane et aux funestes passions qui ont troublé le sein
« de ta mère ! Viens donc, ma bien-aimée, viens ; jure
« sur cette image de la mère du Sauveur, entre les mains
« de ce saint prêtre et de ta mère expirante, que tu ne
« me trahiras point à la face du ciel. Songe que je me
« suis engagée pour toi, afin de te sauver la vie, et que si
« tu ne tiens ma promesse, tu plongeras l'âme de ta
« mère dans des tourments éternels. »

« O ma mère ! pourquoi parlâtes-vous ainsi ! O Reli-
« gion qui fais à la fois mes maux et ma félicité, qui me
« perds et qui me consoles ! Et toi, cher et triste objet
« d'une passion qui me consume jusque dans les bras de
« la mort, tu vois maintenant, ô Chactas, ce qui a fait la
« rigueur de notre destinée !... Fondant en pleurs et me
« précipitant dans le sein maternel, je promis tout ce
« qu'on me voulut faire promettre. Le missionnaire
« prononça sur moi les paroles redoutables, et me
« donna le scapulaire qui me lie pour jamais. Ma mère
« me menaça de sa malédiction, si jamais je rompais
« mes vœux, et après m'avoir recommandé un secret
« inviolable envers les païens, persécuteurs de ma reli-
« gion, elle expira, en me tenant embrassée. »

« Je ne connus pas d'abord le danger de mes ser-
« ments. Pleine d'ardeur, et chrétienne véritable, fière
« du sang espagnol qui coule dans mes veines, je
« n'aperçus autour de moi que des hommes indignes de
« recevoir ma main ; je m'applaudis de n'avoir d'autre
« époux que le Dieu de ma mère. Je te vis, jeune et beau
« prisonnier, je m'attendris sur ton sort, je t'osai parler
« au bûcher de la forêt ; alors je sentis tout le poids de
« mes vœux. »

« Comme Atala achevait de prononcer ces paroles,
serrant les poings, et regardant le missionnaire d'un air

menaçant, je m'écriai : « La voilà donc cette reli-
« gionque vous m'avez tant vantée! Périsse le serment
« qui m'enlève Atala! Périsse le Dieu qui contrarie la
« nature! Homme, prêtre, qu'es-tu venu faire dans ces
« forêts? »

« Te sauver, dit le vieillard d'une voix terrible,
« dompter tes passions et t'empêcher, blasphémateur,
« d'attirer sur toi la colère céleste! Il te sied bien, jeune
« homme, à peine entré dans la vie, de te plaindre de tes
« douleurs! Où sont les marques de tes souffrances? Où
« sont les injustices que tu as supportées? Où sont tes
« vertus, qui seules pourraient te donner quelques
« droits à la plainte? Quel service as-tu rendu? Quel
« bien as-tu fait? Eh! malheureux, tu ne m'offres que
« des passions, et tu oses accuser le ciel! Quand tu
« auras, comme le P. Aubry, passé trente années exilé
« sur les montagnes, tu seras moins prompt à juger des
« desseins de la Providence; tu comprendras alors que
« tu ne sais rien, que tu n'es rien, et qu'il n'y a point de
« châtiment si rigoureux, point de maux si terribles,
« que la chair corrompue ne mérite de souffrir. »

« Les éclairs qui sortaient des yeux du vieillard, sa
barbe qui frappait sa poitrine, ses paroles foudroyantes
le rendaient semblable à un Dieu. Accablé de sa
majesté, je tombai à ses genoux, et lui demandai pardon
de mes emportements. « Mon fils, me répondit-il avec
« un accent si doux, que le remords entra dans mon
« âme, mon fils, ce n'est pas pour moi-même que je
« vous ai réprimandé. Hélas! vous avez raison, mon
« cher enfant : je suis venu faire bien peu de chose dans
« ces forêts, et Dieu n'a pas de serviteur plus indigne
« que moi. Mais, mon fils, le ciel, le ciel, voilà ce qu'il
« ne faut jamais accuser! Pardonnez-moi si je vous ai
« offensé, mais écoutons votre sœur. Il y a peut-être du
« remède, ne nous lassons point d'espérer. Chactas,
« c'est une religion bien divine que celle-là, qui a fait
« une vertu de l'espérance! »

« Mon jeune ami, reprit Atala, tu as été témoin de
« mes combats, et cependant tu n'en as vu que la
« moindre partie; je te cachais le reste. Non, l'esclave
« noir qui arrose de ses sueurs les sables ardents de la

« Floride, est moins misérable que n'a été Atala. Te
« sollicitant à la fuite, et pourtant certaine de mourir si
« tu t'éloignais de moi ; craignant de fuir avec toi dans
« les déserts, et cependant haletant après l'ombrage des
« bois... Ah ! s'il n'avait fallu que quitter parents, amis,
« patrie ; si même (chose affreuse) il n'y eût eu que la
« perte de mon âme ! Mais ton ombre, ô ma mère, ton
« ombre était toujours là, me reprochant ses tourments !
« J'entendais tes plaintes, je voyais les flammes de
« l'enfer te consumer. Mes nuits étaient arides et
« pleines de fantômes, mes jours étaient désolés ; la
« rosée du soir séchait en tombant sur ma peau brû-
« lante ; j'entr'ouvrais mes lèvres aux brises, et les
« brises, loin de m'apporter la fraîcheur, s'embrasaient
« du feu de mon souffle. Quel tourment de te voir sans
« cesse auprès de moi, loin de tous les hommes, dans de
« profondes solitudes, et de sentir entre toi et moi une
« barrière invincible ! Passer ma vie à tes pieds, te servir
« comme ton esclave, apprêter ton repas et ta couche
« dans quelque coin ignoré de l'univers, eût été pour
« moi le bonheur suprême ; ce bonheur, j'y touchais, et
« je ne pouvais en jouir. Quel dessein n'ai-je point rêvé !
« Quel songe n'est point sorti de ce cœur si triste !
« Quelquefois en attachant mes yeux sur toi, j'allais
« jusqu'à former des désirs aussi insensés que cou-
« pables : tantôt j'aurais voulu être avec toi la seule
« créature vivante sur la terre ; tantôt, sentant une
« divinité qui m'arrêtait dans mes horribles transports,
« j'aurais désiré que cette divinité se fût anéantie,
« pourvu que serrée dans tes bras, j'eusse roulé d'abîme
« en abîme avec les débris de Dieu et du monde ! A
« présent même... le dirai-je ? à présent que l'éternité va
« m'engloutir, que je vais paraître devant le Juge inexo-
« rable, au moment où, pour obéir à ma mère, je vois
« avec joie ma virginité dévorer ma vie ; eh bien ! par
« une affreuse contradiction, j'emporte le regret de
« n'avoir pas été à toi ! »

    « Ma fille, interrompit le missionnaire, votre douleur
« vous égare. Cet excès de passion auquel vous vous
« livrez, est rarement juste, il n'est pas même dans la
« nature ; et en cela il est moins coupable aux yeux de

« Dieu, parce que c'est plutôt quelque chose de faux
« dans l'esprit, que de vicieux dans le cœur. Il faut donc
« éloigner de vous ces emportements, qui ne sont pas
« dignes de votre innocence. Mais aussi, ma chère
« enfant, votre imagination impétueuse vous a trop
« alarmée sur vos vœux. La religion n'exige point de
« sacrifice plus qu'humain. Ses sentiments vrais, ses
« vertus tempérées sont bien au-dessus des sentiments
« exaltés et des vertus forcées d'un prétendu héroïsme.
« Si vous aviez succombé, eh bien! pauvre brebis
« égarée, le bon Pasteur vous aurait cherchée, pour
« vous ramener au troupeau. Les trésors du repentir
« vous étaient ouverts : il faut des torrents de sang pour
« effacer nos fautes aux yeux des hommes, une seule
« larme suffit à Dieu. Rassurez-vous donc, ma chère
« fille, votre situation exige du calme ; adressons-nous à
« Dieu, qui guérit toutes les plaies de ses serviteurs. Si
« c'est sa volonté, comme je l'espère, que vous échap-
« piez à cette maladie, j'écrirai à l'évêque de Québec ; il
« a les pouvoirs nécessaires pour vous relever de vos
« vœux, qui ne sont que des vœux simples, et vous
« achèverez vos jours près de moi avec Chactas votre
« époux. »

« A ces paroles du vieillard, Atala fut saisie d'une
longue convulsion, dont elle ne sortit que pour donner
des marques d'une douleur effrayante. « Quoi! dit-elle
« en joignant les deux mains avec passion, il y avait du
« remède! Je pouvais être relevée de mes vœux! »
« « Oui, ma fille, répondit le père ; et vous le pouvez
« encore. » « Il est trop tard, il est trop tard, s'écria-
« t-elle! Faut-il mourir, au moment où j'apprends que
« j'aurais pu être heureuse! Que n'ai-je connu plus tôt
« ce saint vieillard! Aujourd'hui, de quel bonheur je
« jouirais, avec toi, avec Chactas chrétien… consolée,
« rassurée par ce prêtre auguste… dans ce désert…
« pour toujours… oh! c'eût été trop de félicité! »
« Calme-toi, lui dis-je, en saisissant une des mains de
« l'infortunée ; calme-toi, ce bonheur, nous allons le
« goûter. » « Jamais! jamais! dit Atala. » « Comment,
« repartis-je? » « Tu ne sais pas tout, s'écria la vierge :
« c'est hier… pendant l'orage… J'allais violer mes

« vœux ; j'allais plonger ma mère dans les flammes de
« l'abîme ; déjà sa malédiction était sur moi ; déjà je
« mentais au Dieu qui m'a sauvé la vie... Quand tu
« baisais mes lèvres tremblantes, tu ne savais pas, tu ne
« savais pas que tu n'embrassais que la mort ! » « O
« ciel ! s'écria le missionnaire, chère enfant, qu'avez-
« vous fait ? » « Un crime, mon père, dit Atala les yeux
« égarés ; mais je ne perdais que moi, et je sauvais ma
« mère. » « Achève donc, m'écriai-je plein d'épou-
« vante. » « Eh bien ! dit-elle, j'avais prévu ma fai-
« blesse ; en quittant les cabanes, j'ai emporté avec
« moi... » « Quoi, repris-je avec horreur ? » « Un poi-
« son, dit le père ! » « Il est dans mon sein, s'écria
« Atala. »

« Le flambeau échappe de la main du Solitaire, je
tombe mourant près de la fille de Lopez, le vieillard
nous saisit l'un et l'autre dans ses bras, et tous trois,
dans l'ombre, nous mêlons un moment nos sanglots sur
cette couche funèbre.

« Réveillons-nous, réveillons-nous », dit bientôt le
courageux ermite en allumant une lampe ! « Nous per-
« dons des moments précieux : intrépides chrétiens,
« bravons les assauts de l'adversité ; la corde au cou, la
« cendre sur la tête, jetons-nous aux pieds du Très-
« Haut, pour implorer sa clémence, ou pour nous
« soumettre à ses décrets. Peut-être est-il temps encore.
« Ma fille, vous eussiez dû m'avertir hier au soir. »

« Hélas ! mon père, dit Atala, je vous ai cherché la
« nuit dernière ; mais le ciel, en punition de mes fautes,
« vous a éloigné de moi. Tout secours eût d'ailleurs été
« inutile ; car les Indiens mêmes, si habiles dans ce qui
« regarde les poisons, ne connaissent point de remède à
« celui que j'ai pris. O Chactas, juge de mon étonne-
« ment, quand j'ai vu que le coup n'était pas aussi subit
« que je m'y attendais ! Mon amour a redoublé mes
« forces, mon âme n'a pu si vite se séparer de toi. »

« Ce ne fut plus ici par des sanglots que je troublai le
récit d'Atala, ce fut par ces emportements qui ne sont
connus que des Sauvages. Je me roulai furieux sur la
terre en me tordant les bras, et en me dévorant les
mains. Le vieux prêtre, avec une tendresse merveil-

leuse, courait du frère à la sœur, et nous prodiguait mille secours. Dans le calme de son cœur et sous le fardeau des ans, il savait se faire entendre à notre jeunesse, et sa religion lui fournissait des accents plus tendres et plus brûlants que nos passions mêmes. Ce prêtre, qui depuis quarante années s'immolait chaque jour au service de Dieu et des hommes dans ces montagnes, ne te rappelle-t-il pas ces holocaustes d'Israël, fumant perpétuellement sur les hauts lieux, devant le Seigneur?

« Hélas! ce fut en vain qu'il essaya d'apporter quelque remède aux maux d'Atala. La fatigue, le chagrin, le poison et une passion plus mortelle que tous les poisons ensemble, se réunissaient pour ravir cette fleur à la solitude. Vers le soir, des symptômes effrayants se manifestèrent; un engourdissement général saisit les membres d'Atala, et les extrémités de son corps commencèrent à refroidir : « Touche mes doigts, me « disait-elle, ne les trouves-tu pas bien glacés? » Je ne savais que répondre, et mes cheveux se hérissaient d'horreur; ensuite elle ajoutait : « Hier encore, mon « bien-aimé, ton seul toucher me faisait tressaillir, et « voilà que je ne sens plus ta main, je n'entends presque « plus ta voix, les objets de la grotte disparaissent tour à « tour. Ne sont-ce pas les oiseaux qui chantent? Le « soleil doit être près de se coucher maintenant? Chac- « tas, ses rayons seront bien beaux au désert, sur ma « tombe! »

« Atala s'apercevant que ces paroles nous faisaient fondre en pleurs, nous dit : « Pardonnez-moi, mes « bons amis, je suis bien faible; mais peut-être que je « vais devenir plus forte. Cependant mourir si jeune, « tout à la fois, quand mon cœur était si plein de vie! « Chef de la prière, aie pitié de moi; soutiens-moi. « Crois-tu que ma mère soit contente, et que Dieu me « pardonne ce que j'ai fait? »

« Ma fille, répondit le bon religieux, en versant des « larmes, et les essuyant avec ses doigts tremblants et « mutilés; ma fille, tous vos malheurs viennent de votre « ignorance; c'est votre éducation sauvage et le manque « d'instruction nécessaire qui vous ont perdue; vous ne

« saviez pas qu'une chrétienne ne peut disposer de sa
« vie. Consolez-vous donc, ma chère brebis ; Dieu vous
« pardonnera, à cause de la simplicité de votre cœur.
« Votre mère et l'imprudent missionnaire qui la diri-
« geait, ont été plus coupables que vous ; ils ont passé
« leurs pouvoirs, en vous arrachant un vœu indiscret ;
« mais que la paix du Seigneur soit avec eux. Vous
« offrez tous trois un terrible exemple des dangers de
« l'enthousiasme, et du défaut de lumières en matière
« de religion. Rassurez-vous, mon enfant ; celui qui
« sonde les reins et les cœurs, vous jugera sur vos
« intentions, qui étaient pures, et non sur votre action,
« qui est condamnable.

   « Quant à la vie, si le moment est arrivé de vous
« endormir dans le Seigneur, ah ! ma chère enfant, que
« vous perdez peu de chose, en perdant ce monde !
« Malgré la solitude où vous avez vécu, vous avez
« connu les chagrins ; que penseriez-vous donc, si vous
« eussiez été témoin des maux de la société, si en
« abordant sur les rivages de l'Europe, votre oreille eût
« été frappée de ce long cri de douleur, qui s'élève de
« cette vieille terre ? L'habitant de la cabane, et celui des
« palais, tout souffre, tout gémit ici-bas ; les reines ont
« été vues pleurant, comme de simples femmes, et l'on
« s'est étonné de la quantité de larmes que contiennent
« les yeux des rois !

   « Est-ce votre amour que vous regrettez ? Ma fille, il
« faudrait autant pleurer un songe. Connaissez-vous le
« cœur de l'homme, et pourriez-vous compter les
« inconstances de son désir ? Vous calculeriez plutôt le
« nombre des vagues que la mer roule dans une tem-
« pête. Atala, les sacrifices, les bienfaits ne sont pas des
« liens éternels : un jour, peut-être, le dégoût fût venu
« avec la satiété, le passé eût été compté pour rien, et
« l'on n'eût plus aperçu que les inconvénients d'une
« union pauvre et méprisée. Sans doute, ma fille, les
« plus belles amours furent celles de cet homme et de
« cette femme sortis de la main du Créateur. Un paradis
« avait été formé pour eux, ils étaient innocents et
« immortels. Parfaits de l'âme et du corps, ils se conve-
« naient en tout : Ève avait été créée pour Adam, et

« Adam pour Ève. S'ils n'ont pu toutefois se maintenir
« dans cet état de bonheur, quels couples le pourront
« après eux ? Je ne vous parlerai point des mariages des
« premiers-nés des hommes, de ces unions ineffables,
« alors que la sœur était l'épouse du frère, que l'amour
« et l'amitié fraternelle se confondaient dans le même
« cœur, et que la pureté de l'une augmentait les délices
« de l'autre. Toutes ces unions ont été troublées ; la
« jalousie s'est glissée à l'autel de gazon où l'on immo-
« lait le chevreau, elle a régné sous la tente d'Abraham,
« et dans ces couches mêmes où les patriarches goû-
« taient tant de joie, qu'ils oubliaient la mort de leurs
« mères.

« Vous seriez-vous donc flattée, mon enfant, d'être
« plus innocente et plus heureuse dans vos liens, que
« ces saintes familles dont Jésus-Christ a voulu des-
« cendre ? Je vous épargne les détails des soucis du
« ménage, les disputes, les reproches mutuels, les
« inquiétudes et toutes ces peines secrètes qui veillent
« sur l'oreiller du lit conjugal. La femme renouvelle ses
« douleurs chaque fois qu'elle est mère, et elle se marie
« en pleurant. Que de maux dans la seule perte d'un
« nouveau-né à qui l'on donnait le lait, et qui meurt sur
« votre sein ! La montagne a été pleine de gémisse-
« ments ; rien ne pouvait consoler Rachel, parce que ses
« fils n'étaient plus. Ces amertumes attachées aux ten-
« dresses humaines sont si fortes, que j'ai vu dans ma
« patrie de grandes dames aimées par des rois, quitter la
« cour pour s'ensevelir dans des cloîtres, et mutiler
« cette chair révoltée, dont les plaisirs ne sont que des
« douleurs.

« Mais peut-être direz-vous que ces derniers
« exemples ne vous regardent pas ; que votre ambition
« se réduisait à vivre dans une obscure cabane avec
« l'homme de votre choix ; que vous cherchiez moins
« les douceurs du mariage, que les charmes de cette
« folie que la jeunesse appelle amour ? Illusion,
« chimère, vanité, rêve d'une imagination blessée ! Et
« moi aussi, ma fille, j'ai connu les troubles du cœur :
« cette tête n'a pas toujours été chauve, ni ce sein aussi
« tranquille qu'il vous le paraît aujourd'hui. Croyez-en

« mon expérience : si l'homme, constant dans ses affec-
« tions, pouvait sans cesse fournir à un sentiment
« renouvelé sans cesse, sans doute la solitude et l'amour
« l'égaleraient à Dieu même ; car ce sont là les deux
« éternels plaisirs du grand Être. Mais l'âme de
« l'homme se fatigue, et jamais elle n'aime longtemps le
« même objet avec plénitude. Il y a toujours quelques
« points par où deux cœurs ne se touchent pas, et ces
« points suffisent à la longue pour rendre la vie insup-
« portable.

« Enfin, ma chère fille, le grand tort des hommes,
« dans leur songe de bonheur, est d'oublier cette infir-
« mité de la mort attachée à leur nature : il faut finir.
« Tôt ou tard, quelle qu'eût été votre félicité, ce beau
« visage se fût changé en cette figure uniforme que le
« sépulcre donne à la famille d'Adam ; l'œil même de
« Chactas n'aurait pu vous reconnaître entre vos sœurs
« de la tombe. L'amour n'étend point son empire sur
« les vers du cercueil. Que dit-je ? (ô vanité des vani-
« tés !) Que parlé-je de la puissance des amitiés de la
« terre ? Voulez-vous, ma chère fille, en connaître
« l'étendue ? Si un homme revenait à la lumière, quel-
« ques années après sa mort, je doute qu'il fût revu avec
« joie, par ceux-là même qui ont donné le plus de
« larmes à sa mémoire : tant on forme vite d'autres
« liaisons, tant on prend facilement d'autres habitudes,
« tant l'inconstance est naturelle à l'homme, tant notre
« vie est peu de chose même dans le cœur de nos amis !

« Remerciez donc la Bonté divine, ma chère fille, qui
« vous retire si vite de cette vallée de misère. Déjà le
« vêtement blanc et la couronne éclatante des vierges se
« préparent pour vous sur les nuées ; déjà j'entends la
« Reine des Anges qui vous crie : « Venez, ma digne
« servante, venez, ma colombe, venez vous asseoir sur
« un trône de candeur, parmi toutes ces filles qui ont
« sacrifié leur beauté et leur jeunesse au service de
« l'humanité, à l'éducation des enfants et aux chefs-
« d'œuvre de la pénitence. Venez, rose mystique, vous
« reposer sur le sein de Jésus-Christ. Ce cercueil, lit
« nuptial que vous vous êtes choisi, ne sera point
« trompé ; et les embrassements de votre céleste époux
« ne finiront jamais ! »

« Comme le dernier rayon du jour abat les vents et répand le calme dans le ciel, ainsi la parole tranquille du vieillard apaisa les passions dans le sein de mon amante. Elle ne parut plus occupée que de ma douleur, et des moyens de me faire supporter sa perte. Tantôt elle me disait qu'elle mourrait heureuse, si je lui promettais de sécher mes pleurs ; tantôt elle me parlait de ma mère, de ma patrie ; elle cherchait à me distraire de la douleur présente, en réveillant en moi une douleur passée. Elle m'exhortait à la patience, à la vertu. « Tu ne seras pas « toujours malheureux, disait-elle : si le ciel t'éprouve « aujourd'hui, c'est seulement pour te rendre plus « compatissant aux maux des autres. Le cœur, ô Chac- « tas, est comme ces sortes d'arbres qui ne donnent leur « baume pour les blessures des hommes que lorsque le « fer les a blessés eux-mêmes. »

« Quand elle avait ainsi parlé, elle se tournait vers le missionnaire, cherchait auprès de lui le soulagement qu'elle m'avait fait éprouver, et tour à tour consolante et consolée, elle donnait et recevait la parole de vie sur la couche de la mort.

« Cependant l'ermite redoublait de zèle. Ses vieux os s'étaient ranimés par l'ardeur de la charité, et toujours préparant des remèdes, rallumant le feu, rafraîchissant la couche, il faisait d'admirables discours sur Dieu et sur le bonheur des justes. Le flambeau de la religion à la main, il semblait précéder Atala dans la tombe, pour lui en montrer les secrètes merveilles. L'humble grotte était remplie de la grandeur de ce trépas chrétien, et les esprits célestes étaient, sans doute, attentifs à cette scène où la religion luttait seule contre l'amour, la jeunesse et la mort.

« Elle triomphait, cette religion divine, et l'on s'apercevait de sa victoire à une sainte tristesse qui succédait dans nos cœurs aux premiers transports des passions. Vers le milieu de la nuit, Atala sembla se ranimer pour répéter des prières que le religieux prononçait au bord de sa couche. Peu de temps après, elle me tendit la main, et avec une voix qu'on entendait à peine, elle me dit :

« Fils d'Outalissi, te rappelles-tu cette première nuit « où tu me pris pour la Vierge des dernières

« amours? Singulier présage de notre destinée! » Elle
s'arrêta; puis elle reprit : « Quand je songe que je te
« quitte pour toujours, mon cœur fait un tel effort pour
« revivre, que je me sens presque le pouvoir de me
« rendre immortelle à force d'aimer. Mais, ô mon Dieu,
« que votre volonté soit faite! » Atala se tut pendant
quelques instants; elle ajouta : « Il ne me reste plus
« qu'à vous demander pardon des maux que je vous ai
« causés. Je vous ai beaucoup tourmenté par mon
« orgueil et mes caprices. Chactas, un peu de terre jeté
« sur mon corps va mettre tout un monde entre vous et
« moi, et vous délivrer pour toujours du poids de mes
« infortunes. »

« Vous pardonner, répondis-je noyé de larmes,
« n'est-ce pas moi qui ai causé tous vos malheurs? »
« Mon ami, dit-elle en m'interrompant, vous m'avez
« rendue très heureuse, et si j'étais à recommencer la
« vie, je préférerais encore le bonheur de vous avoir
« aimé quelques instants dans un exil infortuné, à toute
« une vie de repos dans ma patrie. »

« Ici la voix d'Atala s'éteignit; les ombres de la mort
se répandirent autour de ses yeux et de sa bouche; ses
doigts errants cherchaient à toucher quelque chose; elle
conversait tout bas avec des esprits invisibles. Bientôt,
faisant un effort, elle essaya, mais en vain, de détacher
de son cou le petit crucifix; elle me pria de le dénouer
moi-même, et elle me dit :

« Quand je te parlai pour la première fois, tu vis cette
« croix briller à la lueur du feu sur mon sein; c'est le
« seul bien que possède Atala. Lopez, ton père et le
« mien, l'envoya à ma mère peu de jours après ma
« naissance. Reçois donc de moi cet héritage, ô mon
« frère, conserve-le en mémoire de mes malheurs. Tu
« auras recours à ce Dieu des infortunés dans les
« chagrins de ta vie. Chactas, j'ai une dernière prière à
« te faire. Ami, notre union aurait été courte sur la
« terre, mais il est après cette vie une plus longue vie.
« Qu'il serait affreux d'être séparée de toi pour jamais!
« Je ne fais que te devancer aujourd'hui, et je te vais
« attendre dans l'empire céleste. Si tu m'as aimée,
« fais-toi instruire dans la religion chrétienne, qui

« préparera notre réunion. Elle fait sous tes yeux un
« grand miracle, cette religion, puisqu'elle me rend
« capable de te quitter, sans mourir dans les angoisses
« du désespoir. Cependant, Chactas, je ne veux de toi
« qu'une simple promesse, je sais trop ce qu'il en coûte
« pour te demander un serment. Peut-être ce vœu te
« séparerait-il de quelque femme plus heureuse que
« moi... O ma mère, pardonne à ta fille. O Vierge,
« retenez votre courroux. Je retombe dans mes fai-
« blesses, et je te dérobe, ô mon Dieu, des pensées qui
« ne devraient être que pour toi! »

« Navré de douleur, je promis à Atala d'embrasser
un jour la religion chrétienne. A ce spectacle, le Solitaire se levant d'un air inspiré, et étendant les bras vers
la voûte de la grotte : « Il est temps, s'écria-t-il, il est
temps d'appeler Dieu ici! »

« A peine a-t-il prononcé ces mots, qu'une force
surnaturelle me contraint de tomber à genoux, et
m'incline la tête au pied du lit d'Atala. Le prêtre ouvre
un lieu secret où était renfermée une urne d'or, cou-
verte d'un voile de soie; il se prosterne et adore profondément. La grotte parut soudain illuminée; on entendit
dans les airs les paroles des anges et les frémissements
des harpes célestes; et lorsque le Solitaire tira le vase
sacré de son tabernacle, je crus voir Dieu lui-même
sortir du flanc de la montagne.

« Le prêtre ouvrit le calice; il prit entre ses deux
doigts une hostie blanche comme la neige, et s'approcha d'Atala, en prononçant des mots mystérieux. Cette
sainte avait les yeux levés au ciel, en extase. Toutes ses
douleurs parurent suspendues, toute sa vie se rassembla
sur sa bouche; ses lèvres s'entr'ouvrirent et vinrent
avec respect chercher le Dieu caché sous le pain mystique. Ensuite le divin vieillard trempe un peu de coton
dans une huile consacrée; il en frotte les tempes
d'Atala, il regarde un moment la fille mourante, et tout
à coup ces fortes paroles lui échappent : « Partez, âme
« chrétienne : allez rejoindre votre Créateur! » Relevant alors ma tête abattue, je m'écriai, en regardant le
vase où était l'huile sainte : « Mon père, ce remède
« rendra-t-il la vie à Atala? » « Oui, mon fils, dit le

« vieillard en tombant dans mes bras, la vie éternelle ! »
Atala venait d'expirer. »

Dans cet endroit, pour la seconde fois depuis le
commencement de son récit, Chactas fut obligé de
s'interrompre. Ses pleurs l'inondaient, et sa voix ne
laissait échapper que des mots entrecoupés. Le Sachem
aveugle ouvrit son sein, il en tira le crucifix d'Atala.

« Le voilà, s'écria-t-il, ce gage de l'adversité ! O
René, ô mon fils, tu le vois ; et moi, je ne le vois plus !
Dis-moi, après tant d'années, l'or n'en est-il point
altéré ? N'y vois-tu point la trace de mes larmes ?
Pourrais-tu reconnaître l'endroit qu'une sainte a touché
de ses lèvres ? Comment Chactas n'est-il point encore
chrétien ? Quelles frivoles raisons de politique et de
patrie l'ont jusqu'à présent retenu dans les erreurs de
ses pères ? Non, je ne veux pas tarder plus longtemps.
La terre me crie : « Quand donc descendras-tu dans la
« tombe, et qu'attends-tu pour embrasser une religion
« divine ? » O terre, vous ne m'attendrez pas longtemps : aussitôt qu'un prêtre aura rajeuni dans l'onde
cette tête blanchie par les chagrins, j'espère me réunir à
Atala. Mais achevons ce qui me reste à conter de mon
histoire. »

LES FUNÉRAILLES

« Je n'entreprendrai point, ô René, de te peindre aujourd'hui le désespoir qui saisit mon âme, lorsque Atala eut rendu le dernier soupir. Il faudrait avoir plus de chaleur qu'il ne m'en reste; il faudrait que mes yeux fermés se pussent rouvrir au soleil, pour lui demander compte des pleurs qu'ils versèrent à sa lumière. Oui, cette lune qui brille à présent sur nos têtes, se lassera d'éclairer les solitudes du Kentucky; oui, le fleuve qui porte maintenant nos pirogues, suspendra le cours de ses eaux, avant que mes larmes cessent de couler pour Atala! Pendant deux jours entiers, je fus insensible aux discours de l'ermite. En essayant de calmer mes peines, cet excellent homme ne se servait point des vaines raisons de la terre, il se contentait de me dire : « Mon fils, c'est la volonté de Dieu », et il me pressait dans ses bras. Je n'aurais jamais cru qu'il y eût tant de consolation dans ce peu de mots du chrétien résigné, si je ne l'avais éprouvé moi-même.

« La tendresse, l'onction, l'inaltérable patience du vieux serviteur de Dieu, vainquirent enfin l'obstination de ma douleur. J'eus honte des larmes que je lui faisais répandre. « Mon père, lui dis-je, c'en est trop : que les « passions d'un jeune homme ne troublent plus la paix « de tes jours. Laisse-moi emporter les restes de mon « épouse; je les ensevelirai dans quelque coin du désert, « et si je suis encore condamné à la vie, je tâcherai de « me rendre digne de ces noces éternelles qui m'ont été « promises par Atala. »

« A ce retour inespéré de courage, le bon père
tressaillit de joie ; il s'écria : « O sang de Jésus-Christ,
« sang de mon divin maître, je reconnais là tes mérites !
« Tu sauveras sans doute ce jeune homme. Mon Dieu,
« achève ton ouvrage. Rends la paix à cette âme trou-
« blée, et ne lui laisse de ses malheurs que d'humbles et
« utiles souvenirs. »

« Le juste refusa de m'abandonner le corps de la fille
de Lopez, mais il me proposa de faire venir ses Néophytes, et de l'enterrer avec toute la pompe chrétienne ;
je m'y refusai à mon tour. « Les malheurs et les vertus
« d'Atala, lui dis-je, ont été inconnus des hommes ; que
« sa tombe, creusée furtivement par nos mains, partage
« cette obscurité ! » Nous convînmes que nous parti-
rions le lendemain au lever du soleil pour enterrer Atala
sous l'arche du pont naturel à l'entrée des Bocages de la
mort. Il fut aussi résolu que nous passerions la nuit en
prières auprès du corps de cette sainte.

« Vers le soir, nous transportâmes ses précieux restes
à une ouverture de la grotte, qui donnait vers le nord.
L'ermite les avait roulés dans une pièce de lin
d'Europe, filé par sa mère : c'était le seul bien qui lui
restât de sa patrie, et depuis longtemps il le destinait à
son propre tombeau. Atala était couchée sur un gazon
de sensitives de montagnes ; ses pieds, sa tête, ses
épaules et une partie de son sein étaient découverts. On
voyait dans ses cheveux une fleur de magnolia fanée...
celle-là même que j'avais déposée sur le lit de la vierge,
pour la rendre féconde. Ses lèvres, comme un bouton
de rose cueilli depuis deux matins, semblaient languir
et sourire. Dans ses joues d'une blancheur éclatante, on
distinguait quelques veines bleues. Ses beaux yeux
étaient fermés, ses pieds modestes étaient joints, et ses
mains d'albâtre pressaient sur son cœur un crucifix
d'ébène ; le scapulaire de ses vœux était passé à son cou.
Elle paraissait enchantée par l'Ange de la mélancolie, et
par le double sommeil de l'innocence et de la tombe. Je
n'ai rien vu de plus céleste. Quiconque eût ignoré que
cette jeune fille avait joui de la lumière, aurait pu la
prendre pour la statue de la Virginité endormie.

« Le religieux ne cessa de prier toute la nuit. J'étais

assis en silence au chevet du lit funèbre de mon Atala. Que de fois, durant son sommeil, j'avais supporté sur mes genoux cette tête charmante ! Que de fois je m'étais penché sur elle, pour entendre et pour respirer son souffle ! Mais à présent aucun bruit ne sortait de ce sein immobile, et c'était en vain que j'attendais le réveil de la beauté !

« La lune prêta son pâle flambeau à cette veillée funèbre. Elle se leva au milieu de la nuit, comme une blanche vestale qui vient pleurer sur le cercueil d'une compagne. Bientôt elle répandit dans les bois ce grand secret de mélancolie, qu'elle aime à raconter aux vieux chênes et aux rivages antiques des mers. De temps en temps, le religieux plongeait un rameau fleuri dans une eau consacrée, puis secouant la branche humide, il parfumait la nuit des baumes du ciel. Parfois il répétait sur un air antique quelques vers d'un vieux poète nommé Job ; il disait :

« J'ai passé comme une fleur ; j'ai séché comme « l'herbe des champs.

« Pourquoi la lumière a-t-elle été donnée à un misé- « rable, et la vie à ceux qui sont dans l'amertume du « cœur ? »

Ainsi chantait l'ancien des hommes. Sa voix grave et un peu cadencée, allait roulant dans le silence des déserts. Le nom de Dieu et du tombeau sortait de tous les échos, de tous les torrents, de toutes les forêts. Les roucoulements de la colombe de Virginie, la chute d'un torrent dans la montagne, les tintements de la cloche qui appelait les voyageurs, se mêlaient à ces chants funèbres, et l'on croyait entendre dans les Bocages de la mort le chœur lointain des décédés, qui répondait à la voix du Solitaire.

« Cependant une barre d'or se forma dans l'Orient. Les éperviers criaient sur les rochers, et les martres rentraient dans le creux des ormes : c'était le signal du convoi d'Atala. Je chargeai le corps sur mes épaules ; l'ermite marchait devant moi, une bêche à la main.

Nous commençâmes à descendre de rochers en rochers; la vieillesse et la mort ralentissaient également nos pas. A la vue du chien qui nous avait trouvés dans la forêt, et qui maintenant, bondissant de joie, nous traçait une autre route, je me mis à fondre en larmes. Souvent la longue chevelure d'Atala, jouet des brises matinales, étendait son voile d'or sur mes yeux; souvent pliant sous le fardeau, j'étais obligé de le déposer sur la mousse, et de m'asseoir auprès, pour reprendre des forces. Enfin, nous arrivâmes au lieu marqué par ma douleur ; nous descendîmes sous l'arche du pont. O mon fils, il eût fallu voir un jeune Sauvage et un vieil ermite, à genoux l'un vis-à-vis de l'autre dans un désert, creusant avec leurs mains un tombeau pour une pauvre fille dont le corps était étendu près de là, dans la ravine desséchée d'un torrent!

« Quand notre ouvrage fut achevé, nous transportâmes la beauté dans son lit d'argile. Hélas, j'avais espéré de préparer une autre couche pour elle! Prenant alors un peu de poussière dans ma main, et gardant un silence effroyable, j'attachai, pour la dernière fois, mes yeux sur le visage d'Atala. Ensuite je répandis la terre du sommeil sur un front de dix-huit printemps; je vis graduellement disparaître les traits de ma sœur, et ses grâces se cacher sous le rideau de l'éternité; son sein surmonta quelque temps le sol noirci, comme un lis blanc s'élève du milieu d'une sombre argile : « Lopez, « m'écriai-je alors, vois ton fils inhumer ta fille! » et j'achevai de couvrir Atala de la terre du sommeil.

« Nous retournâmes à la grotte, et je fis part au missionnaire du projet que j'avais formé de me fixer près de lui. Le saint, qui connaissait merveilleusement le cœur de l'homme, découvrit ma pensée et la ruse de ma douleur. Il me dit : « Chactas, fils d'Outalissi, « tandis qu'Atala a vécu, je vous ai sollicité moi-même « de demeurer auprès de moi; mais à présent votre sort « est changé : vous vous devez à votre patrie. Croyez- « moi, mon fils, les douleurs ne sont point éternelles; il « faut tôt ou tard qu'elles finissent, parce que le cœur « de l'homme est fini; c'est une de nos grandes « misères : nous ne sommes pas même capables d'être

« longtemps malheureux. Retournez au Meschacebé :
« allez consoler votre mère, qui vous pleure tous les
« jours, et qui a besoin de votre appui. Faites-vous
« instruire dans la religion de votre Atala, lorsque vous
« en trouverez l'occasion, et souvenez-vous que vous lui
« avez promis d'être vertueux et chrétien. Moi, je
« veillerai ici sur son tombeau. Partez, mon fils. Dieu,
« l'âme de votre sœur, et le cœur de votre vieil ami vous
« suivront. »

« Telles furent les paroles de l'homme du rocher ; son
autorité était trop grande, sa sagesse trop profonde,
pour ne pas lui obéir. Dès le lendemain, je quittai mon
vénérable hôte qui, me pressant sur son cœur, me
donna ses derniers conseils, sa dernière bénédiction et
ses dernières larmes. Je passai au tombeau ; je fus
surpris d'y trouver une petite croix qui se montrait
au-dessus de la mort, comme on aperçoit encore le mât
d'un vaisseau qui a fait naufrage. Je jugeai que le
solitaire était venu prier au tombeau, pendant la nuit ;
cette marque d'amitié et de religion fit couler mes
pleurs en abondance. Je fus tenté de rouvrir la fosse, et
de voir encore une fois ma bien-aimée ; une crainte
religieuse me retint. Je m'assis sur la terre, fraîchement
remuée. Un coude appuyé sur mes genoux, et la tête
soutenue dans ma main, je demeurai enseveli dans la
plus amère rêverie. O René, c'est là que je fis, pour la
première fois, des réflexions sérieuses sur la vanité de
nos jours, et la plus grande vanité de nos projets ! Eh !
mon enfant, qui ne les a point faites ces réflexions ! Je ne
suis plus qu'un vieux cerf blanchi par les hivers ; mes
ans le disputent à ceux de la corneille : eh bien ! malgré
tant de jours accumulés sur ma tête, malgré une si
longue expérience de la vie, je n'ai point encore rencontré d'homme qui n'eût été trompé dans ses rêves de
félicité, point de cœur qui n'entretînt une plaie cachée.
Le cœur le plus serein en apparence, ressemble au puits
naturel de la savane Alachua : la surface en paraît calme
et pure, mais quand vous regardez au fond du bassin,
vous apercevez un large crocodile, que le puits nourrit
dans ses eaux.

« Ayant ainsi vu le soleil se lever et se coucher sur ce

lieu de douleur, le lendemain au premier cri de la
cigogne, je me préparai à quitter la sépulture sacrée.
J'en partis comme de la borne d'où je voulais m'élancer
dans la carrière de la vertu. Trois fois j'évoquai l'âme
d'Atala ; trois fois le Génie du désert répondit à mes cris
sous l'arche funèbre. Je saluai ensuite l'Orient, et je
découvris au loin, dans les sentiers de la montagne,
l'ermite qui se rendait à la cabane de quelque infortuné.
Tombant à genoux et embrassant étroitement la fosse,
je m'écriai : « Dors en paix dans cette terre étrangère,
« fille trop malheureuse ! Pour prix de ton amour, de
« ton exil et de ta mort, tu vas être abandonnée, même
« de Chactas ! » Alors versant des flots de larmes, je me
séparai de la fille de Lopez, alors je m'arrachai de ces
lieux, laissant au pied du monument de la nature, un
monument plus auguste : l'humble tombeau de la
vertu. »

ÉPILOGUE

Chactas, fils d'Outalissi, le Natché, a fait cette histoire à René l'Européen. Les pères l'ont redite aux enfants, et moi, voyageur aux terres lointaines, j'ai fidèlement rapporté ce que des Indiens m'en ont appris. Je vis dans ce récit le tableau du peuple chasseur et du peuple laboureur, la religion, première législatrice des hommes, les dangers de l'ignorance et de l'enthousiasme religieux, opposés aux lumières, à la charité et au véritable esprit de l'Évangile, les combats des passions et des vertus dans un cœur simple, enfin le triomphe du Christianisme sur le sentiment le plus fougueux et la crainte la plus terrible, l'amour et la mort.

Quand un Siminole me raconta cette histoire, je la trouvai fort instructive et parfaitement belle, parce qu'il y mit la fleur du désert, la grâce de la cabane, et une simplicité à conter la douleur, que je ne me flatte pas d'avoir conservées. Mais une chose me restait à savoir. Je demandais ce qu'était devenu le P. Aubry, et personne ne me le pouvait dire. Je l'aurais toujours ignoré, si la Providence, qui conduit tout, ne m'avait découvert ce que je cherchais. Voici comment la chose se passa :

J'avais parcouru les rivages du Meschacebé, qui formaient autrefois la barrière méridionale de la Nouvelle France, et j'étais curieux de voir au nord l'autre merveille de cet empire, la cataracte de Niagara. J'étais arrivé tout près de cette chute, dans l'ancien pays des

Agonnonsioni[1], lorsqu'un matin, en traversant une
plaine, j'aperçus une femme assise sous un arbre, et
tenant un enfant mort sur ses genoux. Je m'approchai
doucement de la jeune mère, et je l'entendis qui disait :

« Si tu étais resté parmi nous, cher enfant, comme ta
« main eût bandé l'arc avec grâce ! Ton bras eût dompté
« l'ours en fureur ; et sur le sommet de la montagne, tes
« pas auraient défié le chevreuil à la course. Blanche
« hermine du rocher, si jeune, être allé dans le pays des
« âmes ! Comment feras-tu pour y vivre ? Ton père n'y
« est point pour t'y nourrir de sa chasse. Tu auras froid,
« et aucun esprit ne te donnera des peaux pour te
« couvrir. Oh ! il faut que je me hâte de t'aller rejoindre,
« pour te chanter des chansons, et te présenter mon
« sein. »

Et la jeune mère chantait d'une voix tremblante,
balançait l'enfant sur ses genoux, humectait ses lèvres
du lait maternel, et prodiguait à la mort tous les soins
qu'on donne à la vie.

Cette femme voulait faire sécher le corps de son fils
sur les branches d'un arbre, selon la coutume indienne,
afin de l'emporter ensuite aux tombeaux de ses pères.
Elle dépouilla donc le nouveau-né, et respirant quelques instants sur sa bouche, elle dit : « Ame de mon
« fils, âme charmante, ton père t'a créée jadis sur mes
« lèvres par un baiser ; hélas, les miens n'ont pas le
« pouvoir de te donner une seconde naissance ! »
Ensuite elle découvrit son sein, et embrassa ces restes
glacés, qui se fussent ranimés au feu du cœur maternel,
si Dieu ne s'était réservé le souffle qui donne la vie.

Elle se leva et chercha des yeux un arbre sur les
branches duquel elle pût exposer son enfant. Elle
choisit un érable à fleurs rouges, festonné de guirlandes
d'apios, et qui exhalait les parfums les plus suaves.
D'une main elle en abaissa les rameaux inférieurs, de
l'autre elle y plaça le corps ; laissant alors échapper la
branche, la branche retourna à sa position naturelle,
emportant la dépouille de l'innocence, cachée dans un
feuillage odorant. Oh ! que cette coutume indienne est

---

1. Les Iroquois. (*Note de Chateaubriand.*)

touchante! Je vous ai vu dans vos campagnes désolées, pompeux monuments des Crassus et des César, et je vous préfère encore ces tombeaux aériens du Sauvage, ces mausolées de fleurs et de verdure que parfume l'abeille, que balance le zéphir, et où le rossignol bâtit son nid et fait entendre sa plaintive mélodie. Si c'est la dépouille d'une jeune fille que la main d'un amant a suspendue à l'arbre de la mort; si ce sont les restes d'un enfant chéri, qu'une mère a placés dans la demeure des petits oiseaux, le charme redouble encore. Je m'approchai de celle qui gémissait au pied de l'érable; je lui imposai les mains sur la tête, en poussant les trois cris de douleur. Ensuite, sans lui parler, prenant comme elle un rameau, j'écartai les insectes qui bourdonnaient autour du corps de l'enfant. Mais je me donnai de garde d'effrayer une colombe voisine. L'Indienne lui disait : « Colombe, si tu n'es pas l'âme de mon fils qui s'est « envolée, tu es, sans doute, une mère qui cherche « quelque chose pour faire un nid. Prends de ces « cheveux, que je ne laverai plus dans l'eau d'esquine; « prends-en pour coucher tes petits : puisse le grand « Esprit te les conserver ! »

Cependant la mère pleurait de joie en voyant la politesse de l'étranger. Comme nous faisions ceci, un jeune homme approcha, et dit : « Fille de Céluta, retire « notre enfant, nous ne séjournerons pas plus long- « temps ici, et nous partirons au premier soleil. » Je dis alors : « Frère, je te souhaite un ciel bleu, beaucoup de « chevreuils, un manteau de castor, et de l'espérance. « Tu n'es donc pas de ce désert ? » « Non, répondit le « jeune homme, nous sommes des exilés, et nous allons « chercher une patrie. » En disant cela, le guerrier baissa la tête dans son sein, et avec le bout de son arc, il abattait la tête des fleurs. Je vis qu'il y avait des larmes au fond de cette histoire, et je me tus. La femme retira son fils des branches de l'arbre, et elle le donna à porter à son époux. Alors je dis : « Voulez-vous me permettre « d'allumer votre feu cette nuit ? » « Nous n'avons « point de cabane, reprit le guerrier; si vous voulez « nous suivre, nous campons au bord de la chute. » « Je le veux bien, répondis-je », et nous partîmes ensemble.

Nous arrivâmes bientôt au bord de la cataracte, qui s'annonçait par d'affreux mugissements. Elle est formée par la rivière Niagara, qui sort du lac Érié, et se jette dans le lac Ontario ; sa hauteur perpendiculaire est de cent quarante-quatre pieds. Depuis le lac Érié jusqu'au Saut, le fleuve accourt, par une pente rapide, et au moment de la chute, c'est moins un fleuve qu'une mer, dont les torrents se pressent à la bouche béante d'un gouffre. La cataracte se divise en deux branches, et se courbe en fer à cheval. Entre les deux chutes s'avance une île creusée en dessous, qui pend avec tous ses arbres sur le chaos des ondes. La masse du fleuve qui se précipite au midi, s'arrondit en un vaste cylindre, puis se déroule en nappe de neige, et brille au soleil de toutes les couleurs. Celle qui tombe au levant descend dans une ombre effrayante ; on dirait une colonne d'eau du déluge. Mille arcs-en-ciel se courbent et se croisent sur l'abîme. Frappant le roc ébranlé, l'eau rejaillit en tourbillons d'écume, qui s'élèvent au-dessus des forêts, comme les fumées d'un vaste embrasement. Des pins, des noyers sauvages, des rochers taillés en forme de fantômes, décorent la scène. Des aigles entraînés par le courant d'air, descendent en tournoyant au fond du gouffre ; et des carcajous se suspendent par leurs queues flexibles au bout d'une branche abaissée, pour saisir dans l'abîme les cadavres brisés des élans et des ours.

Tandis qu'avec un plaisir mêlé de terreur je contemplais ce spectacle, l'Indienne et son époux me quittèrent. Je les cherchai en remontant le fleuve au-dessus de la chute, et bientôt je les trouvai dans un endroit convenable à leur deuil. Ils étaient couchés sur l'herbe avec des vieillards, auprès de quelques ossements humains enveloppés dans des peaux de bêtes. Étonné de tout ce que je voyais depuis quelques heures, je m'assis auprès de la jeune mère, et je lui dis : « Qu'est-ce que tout ceci, ma sœur ? » Elle me répondit : « Mon frère, c'est la terre de la patrie ; ce sont les « cendres de nos aïeux, qui nous suivent dans notre « exil. » « Et comment, m'écriai-je, avez-vous été « réduits à un tel malheur ? » La fille de Céluta repartit : « Nous sommes les restes des Natchez. « Après le

« massacre que les Français firent de notre nation pour
« venger leurs frères, ceux de nos frères qui échap-
« pèrent aux vainqueurs, trouvèrent un asile chez les
« Chikassas nos voisins. Nous y sommes demeurés
« assez longtemps tranquilles ; mais il y a sept lunes que
« les blancs de la Virginie se sont emparés de nos terres,
« en disant qu'elles leur ont été données par un roi
« d'Europe. Nous avons levé les yeux au ciel et, chargés
« des restes de nos aïeux, nous avons pris notre route à
« travers le désert. Je suis accouchée pendant la
« marche ; et comme mon lait était mauvais, à cause de
« la douleur, il a fait mourir mon enfant. » En disant
cela, la jeune mère essuya ses yeux avec sa chevelure ; je
pleurais aussi.

   Or, je dis bientôt : « Ma sœur, adorons le grand
« Esprit, tout arrive par son ordre. Nous sommes tous
« voyageurs ; nos pères l'ont été comme nous ; mais il y
« a un lieu où nous nous reposerons. Si je ne craignais
« d'avoir la langue aussi légère que celle d'un blanc, je
« vous demanderais si vous avez entendu parler de
« Chactas, le Natché ? » A ces mots, l'Indienne me
regarda et me dit : « Qui est-ce qui vous a parlé de
« Chactas, le Natché ? » Je répondis : « C'est la
« sagesse. » L'Indienne reprit : « Je vous dirai ce que je
« sais, parce que vous avez éloigné les mouches du
« corps de mon fils, et que vous venez de dire de belles
« paroles sur le grand Esprit. Je suis la fille de la fille de
« René l'Européen, que Chactas avait adopté. Chactas,
« qui avait reçu le baptême, et René mon aïeul si
« malheureux, ont péri dans le massacre. » « L'homme
« va toujours de douleur en douleur, répondis-je en
« m'inclinant. Vous pourriez donc aussi m'apprendre
« des nouvelles du P. Aubry ? » « Il n'a pas été plus
« heureux que Chactas, dit l'Indienne. Les Chéroquois,
« ennemis des Français, pénétrèrent à sa Mission, ils y
« furent conduits par le son de la cloche qu'on sonnait
« pour secourir les voyageurs. Le P. Aubry se pouvait
« sauver ; mais il ne voulut pas abandonner ses enfants,
« et il demeura pour les encourager à mourir, par son
« exemple. Il fut brûlé avec de grandes tortures ; jamais
« on ne put tirer de lui un cri qui tournât à la honte de

« son Dieu, ou au déshonneur de sa patrie. Il ne cessa,
« durant le supplice, de prier pour ses bourreaux, et de
« compatir au sort des victimes. Pour lui arracher une
« marque de faiblesse, les Chéroquois amenèrent à ses
« pieds un Sauvage chrétien, qu'ils avaient horrible-
« ment mutilé. Mais ils furent bien surpris, quand ils
« virent le jeune homme se jeter à genoux, et baiser les
« plaies du vieil ermite qui lui criait : « Mon enfant,
« nous avons été mis en spectacle aux anges et aux
« hommes. » Les Indiens furieux lui plongèrent un fer
« rouge dans la gorge, pour l'empêcher de parler. Alors
« ne pouvant plus consoler les hommes, il expira.

   « On dit que les Chéroquois, tout accoutumés qu'ils
« étaient à voir des Sauvages souffrir avec constance, ne
« purent s'empêcher d'avouer qu'il y avait dans
« l'humble courage du P. Aubry quelque chose qui leur
« était inconnu, et qui surpassait tous les courages de la
« terre. Plusieurs d'entre eux, frappés de cette mort, se
« sont faits chrétiens.

   « Quelques années après, Chactas, à son retour de la
« terre des blancs, ayant appris les malheurs du chef de
« la prière, partit pour aller recueillir ses cendres et
« celles d'Atala. Il arriva à l'endroit où était située la
« Mission, mais il put à peine le reconnaître. Le lac
« s'était débordé, et la savane était changée en un
« marais ; le pont naturel, en s'écroulant, avait enseveli
« sous ses débris le tombeau d'Atala et les Bocages de la
« mort. Chactas erra longtemps dans ce lieu ; il visita la
« grotte du Solitaire qu'il trouva remplie de ronces et de
« framboisiers, et dans laquelle une biche allaitait son
« faon. Il s'assit sur le rocher de la Veillée de la mort, où
« il ne vit que quelques plumes tombées de l'aile de
« l'oiseau de passage. Tandis qu'il y pleurait, le serpent
« familier du missionnaire sortit des broussailles voi-
« sines, et vint s'entortiller à ses pieds. Chactas
« réchauffa dans son sein ce fidèle ami, resté seul au
« milieu de ces ruines. Le fils d'Outalissi a raconté que
« plusieurs fois aux approches de la nuit, il avait cru
« voir les ombres d'Atala et du P. Aubry s'élever dans la
« vapeur du crépuscule. Ces visions le remplirent d'une
« religieuse frayeur et d'une joie triste.

« Après avoir cherché vainement le tombeau de sa
« sœur et celui de l'ermite, il était près d'abandonner
« ces lieux, lorsque la biche de la grotte se mit à bondir
« devant lui. Elle s'arrêta au pied de la croix de la
« Mission. Cette croix était alors à moitié entourée
« d'eau; son bois était rongé de mousse, et le pélican du
« désert aimait à se pencher sur ses bras vermoulus.
« Chactas jugea que la biche reconnaissante l'avait
« conduit au tombeau de son hôte. Il creusa sous la
« roche qui jadis servait d'autel, et il y trouva les restes
« d'un homme et d'une femme. Il ne douta point que ce
« ne fussent ceux du prêtre et de la vierge, que les anges
« avaient peut-être ensevelis dans ce lieu; il les enve-
« loppa dans des peaux d'ours, et reprit le chemin de
« son pays emportant les précieux restes, qui réson-
« naient sur ses épaules comme le carquois de la mort.
« La nuit, il les mettait sous sa tête, et il avait des songes
« d'amour et de vertu. O étranger, tu peux contempler
« ici cette poussière avec celle de Chactas lui-même ! »

Comme l'Indienne achevait de prononcer ces mots,
je me levai; je m'approchai des cendres sacrées, et me
prosternai devant elles en silence. Puis m'éloignant à
grands pas, je m'écriai : « Ainsi passe sur la terre tout
« ce qui fut bon, vertueux, sensible ! Homme, tu n'es
« qu'un songe rapide, un rêve douloureux; tu n'existes
« que par le malheur; tu n'es quelque chose que par la
« tristesse de ton âme et l'éternelle mélancolie de ta
« pensée ! »

Ces réflexions m'occupèrent toute la nuit. Le lendemain, au point du jour, mes hôtes me quittèrent. Les
jeunes guerriers ouvraient la marche, et les épouses la
fermaient; les premiers étaient chargés des saintes
reliques; les secondes portaient leurs nouveau-nés; les
vieillards cheminaient lentement au milieu, placés entre
les aïeux et leur postérité, entre les souvenirs et l'espérance, entre la patrie perdue et la patrie à venir. Oh !
que de larmes sont répandues, lorsqu'on abandonne
ainsi la terre natale, lorsque du haut de la colline de
l'exil, on découvre pour la dernière fois le toit où l'on
fut nourri et le fleuve de la cabane, qui continue de
couler tristement à travers les champs solitaires de la
patrie !

Indiens infortunés que j'ai vus errer dans les déserts du Nouveau-Monde, avec les cendres de vos aïeux, vous qui m'aviez donné l'hospitalité malgré votre misère, je ne pourrais vous la rendre aujourd'hui, car j'erre, ainsi que vous, à la merci des hommes; et moins heureux dans mon exil, je n'ai point emporté les os de mes pères.

RENÉ

En arrivant chez les Natchez, René avait été obligé de prendre une épouse, pour se conformer aux mœurs des Indiens; mais il ne vivait point avec elle. Un penchant mélancolique l'entraînait au fond des bois; il y passait seul des journées entières, et semblait sauvage parmi des sauvages. Hors Chactas, son père adoptif, et le P. Souël, missionnaire au fort Rosalie[1], il avait renoncé au commerce des hommes. Ces deux vieillards avaient pris beaucoup d'empire sur son cœur : le premier, par une indulgence aimable; l'autre, au contraire, par une extrême sévérité. Depuis la chasse du castor, où le Sachem aveugle raconta ses aventures à René, celui-ci n'avait jamais voulu parler des siennes. Cependant Chactas et le missionnaire désiraient vivement connaître par quel malheur un Européen bien né avait été conduit à l'étrange résolution de s'ensevelir dans les déserts de la Louisiane. René avait toujours donné pour motifs de ses refus, le peu d'intérêt de son histoire qui se bornait, disait-il, à celle de ses pensées et de ses sentiments. « Quant à l'événement qui m'a déterminé à « passer en Amérique, ajoutait-il, je le dois ensevelir « dans un éternel oubli. »

Quelques années s'écoulèrent de la sorte, sans que les deux vieillards lui pussent arracher son secret. Une lettre qu'il reçut d'Europe, par le bureau des Missions

1. Colonie française aux Natchez. (*Note de Chateaubriand.*)

étrangères, redoubla tellement sa tristesse, qu'il fuyait jusqu'à ses vieux amis. Ils n'en furent que plus ardents à le presser de leur ouvrir son cœur ; ils y mirent tant de discrétion, de douceur et d'autorité, qu'il fut enfin obligé de les satisfaire. Il prit donc jour avec eux, pour leur raconter, non les aventures de sa vie, puisqu'il n'en avait point éprouvé, mais les sentiments secrets de son âme.

Le 21 de ce mois que les Sauvages appellent *la lune des fleurs*. René se rendit à la cabane de Chactas. Il donna le bras au Sachem, et le conduisit sous un sassafras, au bord du Meschacebé. Le P. Souël ne tarda pas à arriver au rendez-vous. L'aurore se levait : à quelque distance dans la plaine, on apercevait le village des Natchez, avec son bocage de mûriers, et ses cabanes qui ressemblent à des ruches d'abeilles. La colonie française et le fort Rosalie se montraient sur la droite, au bord du fleuve. Des tentes, des maisons à moitié bâties, des forteresses commencées, des défrichements couverts de Nègres, des groupes de Blancs et d'Indiens, présentaient dans ce petit espace, le contraste des mœurs sociales et des mœurs sauvages. Vers l'orient, au fond de la perspective, le soleil commençait à paraître entre les sommets brisés des Apalaches, qui se dessinaient comme des caractères d'azur dans les hauteurs dorées du ciel : à l'occident, le Meschacebé roulait ses ondes dans un silence magnifique, et formait la bordure du tableau avec une inconcevable grandeur.

Le jeune homme et le missionnaire admirèrent quelque temps cette belle scène, en plaignant le Sachem qui ne pouvait plus en jouir ; ensuite le P. Souël et Chactas s'assirent sur le gazon, au pied de l'arbre ; René prit sa place au milieu d'eux, et après un moment de silence, il parla de la sorte à ses vieux amis :

« Je ne puis, en commençant mon récit, me défendre d'un mouvement de honte. La paix de vos cœurs, respectables vieillards, et le calme de la nature autour de moi, me font rougir du trouble et de l'agitation de mon âme.

« Combien vous aurez pitié de moi ! Que mes éternelles inquiétudes vous paraîtront misérables! Vous qui avez épuisé tous les chagrins de la vie, que penserez-vous d'un jeune homme sans force et sans vertu, qui trouve en lui-même son tourment, et ne peut guère se plaindre que des maux qu'il se fait à lui-même ? Hélas, ne le condamnez pas; il a été trop puni.

« J'ai coûté la vie à ma mère en venant au monde; j'ai été tiré de son sein avec le fer. J'avais un frère que mon père bénit, parce qu'il voyait en lui son fils aîné. Pour moi, livré de bonne heure à des mains étrangères, je fus élevé loin du toit paternel.

« Mon humeur était impétueuse, mon caractère inégal. Tour à tour bruyant et joyeux, silencieux et triste, je rassemblais autour de moi mes jeunes compagnons; puis, les abandonnant tout à coup, j'allais m'asseoir à l'écart, pour contempler la nue fugitive, ou entendre la pluie tomber sur le feuillage.

« Chaque automne, je revenais au château paternel, situé au milieu des forêts, près d'un lac, dans une province reculée.

« Timide et contraint devant mon père, je ne trouvais l'aise et le contentement qu'auprès de ma sœur Amélie. Une douce conformité d'humeur et de goûts m'unissait étroitement à cette sœur; elle était un peu plus âgée que moi. Nous aimions à gravir les coteaux ensemble, à voguer sur le lac, à parcourir les bois à la chute des feuilles : promenades dont le souvenir remplit encore mon âme de délices. O illusions de l'enfance et de la patrie, ne perdez-vous jamais vos douceurs ?

« Tantôt nous marchions en silence, prêtant l'oreille au sourd mugissement de l'automne, ou au bruit des feuilles séchées, que nous traînions tristement sous nos pas; tantôt, dans nos jeux innocents, nous poursuivions l'hirondelle dans la prairie, l'arc-en-ciel sur les collines pluvieuses; quelquefois aussi nous murmurions des vers que nous inspirait le spectacle de la nature. Jeune, je cultivais les Muses; il n'y a rien de plus poétique, dans la fraîcheur de ses passions, qu'un cœur de seize années. Le matin de la vie est comme le matin du jour, plein de pureté, d'images et d'harmonies.

« Les dimanches et les jours de fête, j'ai souvent

entendu, dans le grand bois, à travers les arbres, les
sons de la cloche lointaine qui appelait au temple
l'homme des champs. Appuyé contre le tronc d'un
ormeau, j'écoutais en silence le pieux murmure.
Chaque frémissement de l'airain portait à mon âme
naïve l'innocence des mœurs champêtres, le calme de la
solitude, le charme de la religion, et la délectable
mélancolie des souvenirs de ma première enfance. Oh!
quel cœur si mal fait n'a tressailli au bruit des cloches de
son lieu natal, de ces cloches qui frémirent de joie sur
son berceau, qui annoncèrent son avènement à la vie,
qui marquèrent le premier battement de son cœur, qui
publièrent dans tous les lieux d'alentour la sainte allé-
gresse de son père, les douleurs et les joies encore plus
ineffables de sa mère! Tout se trouve dans les rêveries
enchantées où nous plonge le bruit de la cloche natale :
religion, famille, patrie, et le berceau et la tombe, et le
passé et l'avenir.

« Il est vrai qu'Amélie et moi nous jouissions plus
que personne de ces idées graves et tendres, car nous
avions tous les deux un peu de tristesse au fond du
cœur : nous tenions cela de Dieu ou de notre mère.

« Cependant mon père fut atteint d'une maladie qui
le conduisit en peu de jours au tombeau. Il expira dans
mes bras. J'appris à connaître la mort sur les lèvres de
celui qui m'avait donné la vie. Cette impression fut
grande; elle dure encore. C'est la première fois que
l'immortalité de l'âme s'est présentée clairement à mes
yeux. Je ne pus croire que ce corps inanimé était en moi
l'auteur de la pensée : je sentis qu'elle me devait venir
d'une autre source; et dans une sainte douleur qui
approchait de la joie, j'espérai me rejoindre un jour à
l'esprit de mon père.

« Un autre phénomène me confirma dans cette haute
idée. Les traits paternels avaient pris au cercueil quelque chose de sublime. Pourquoi cet étonnant mystère
ne serait-il pas l'indice de notre immortalité? Pourquoi
la mort qui sait tout, n'aurait-elle pas gravé sur le front
de sa victime les secrets d'un autre univers? Pourquoi
n'y aurait-il pas dans la tombe quelque grande vision de
l'éternité?

« Amélie, accablée de douleur, était retirée au fond d'une tour, d'où elle entendit retentir, sous les voûtes du château gothique, le chant des prêtres du convoi et les sons de la cloche funèbre.

« J'accompagnai mon père à son dernier asile ; la terre se referma sur sa dépouille ; l'éternité et l'oubli le pressèrent de tout leur poids ; le soir même l'indifférent passait sur sa tombe ; hors pour sa fille et pour son fils, c'était déjà comme s'il n'avait jamais été.

« Il fallut quitter le toit paternel, devenu l'héritage de mon frère : je me retirai avec Amélie chez de vieux parents.

« Arrêté à l'entrée des voies trompeuses de la vie, je les considérais l'une après l'autre, sans m'y oser engager. Amélie m'entretenait souvent du bonheur de la vie religieuse ; elle me disait que j'étais le seul lien qui la retînt dans le monde, et ses yeux s'attachaient sur moi avec tristesse.

« Le cœur ému par ces conversations pieuses, je portais souvent mes pas vers un monastère, voisin de mon nouveau séjour ; un moment même j'eus la tentation d'y cacher ma vie. Heureux ceux qui ont fini leur voyage, sans avoir quitté le port, et qui n'ont point, comme moi, traîné d'inutiles jours sur la terre !

« Les Européens incessamment agités sont obligés de se bâtir des solitudes. Plus notre cœur est tumultueux et bruyant, plus le calme et le silence nous attirent. Ces hospices de mon pays, ouverts aux malheureux et aux faibles, sont souvent cachés dans des vallons qui portent au cœur le vague sentiment de l'infortune et l'espérance d'un abri ; quelquefois aussi on les découvre sur de hauts sites où l'âme religieuse, comme une plante des montagnes, semble s'élever vers le ciel pour lui offrir ses parfums.

« Je vois encore le mélange majestueux des eaux et des bois de cette antique abbaye où je pensai dérober ma vie aux caprices du sort ; j'erre encore au déclin du jour dans ces cloîtres retentissants et solitaires. Lorsque la lune éclairait à demi les piliers des arcades, et dessinait leur ombre sur le mur opposé, je m'arrêtais à contempler la croix qui marquait le champ de la mort, et les longues herbes qui croissaient entre les pierres des tombes. O hommes, qui ayant vécu loin du monde, avez passé du silence de la vie au silence de la mort, de quel dégoût de la terre vos tombeaux ne remplissaient-ils point mon cœur !

« Soit inconstance naturelle, soit préjugé contre la vie monastique, je changeai mes desseins ; je me résolus à voyager. Je dis adieu à ma sœur ; elle me serra dans ses bras avec un mouvement qui ressemblait à de la joie, comme si elle eût été heureuse de me quitter ; je ne pus me défendre d'une réflexion amère sur l'inconséquence des amitiés humaines.

« Cependant, plein d'ardeur, je m'élançai seul sur cet orageux océan du monde, dont je ne connaissais ni les ports, ni les écueils. Je visitai d'abord les peuples qui ne sont plus ; je m'en allai m'asseyant sur les débris de Rome et de la Grèce : pays de forte et d'ingénieuse mémoire, où les palais sont ensevelis dans la poudre, et les mausolées des rois cachés sous les ronces. Force de la nature, et faiblesse de l'homme : un brin d'herbe perce souvent le marbre le plus dur de ces tombeaux, que tous ces morts, si puissants, ne soulèveront jamais !

« Quelquefois une haute colonne se montrait seule debout dans un désert, comme une grande pensée s'élève, par intervalles, dans une âme que le temps et le malheur ont dévastée.

« Je méditai sur ces monuments dans tous les accidents et à toutes les heures de la journée. Tantôt ce même soleil qui avait vu jeter les fondements de ces cités, se couchait majestueusement, à mes yeux, sur leurs ruines ; tantôt la lune se levant dans un ciel pur, entre deux urnes cinéraires à moitié brisées, me montrait les pâles tombeaux. Souvent aux rayons de cet astre qui alimente les rêveries, j'ai cru voir le Génie des souvenirs, assis tout pensif à mes côtés.

« Mais je me lassai de fouiller dans des cercueils, où je ne remuais trop souvent qu'une poussière criminelle.

« Je voulus voir si les races vivantes m'offriraient plus de vertus, ou moins de malheurs que les races évanouies. Comme je me promenais un jour dans une grande cité, en passant derrière un palais, dans une

cour retirée et déserte, j'aperçus une statue qui indi-
quait du doigt un lieu fameux par un sacrifice[1]. Je fus
frappé du silence de ces lieux; le vent seul gémissait
autour du marbre tragique. Des manœuvres étaient
couchés avec indifférence au pied de la statue, ou
taillaient des pierres en sifflant. Je leur demandai ce que
signifiait ce monument : les uns purent à peine me le
dire, les autres ignoraient la catastrophe qu'il retraçait.
Rien ne m'a plus donné la juste mesure des événements
de la vie, et du peu que nous sommes. Que sont
devenus ces personnages qui firent tant de bruit? Le
temps a fait un pas, et la face de la terre a été renou-
velée.

« Je recherchai surtout dans mes voyages les artistes
et ces hommes divins qui chantent les Dieux sur la lyre,
et la félicité des peuples qui honorent les lois, la religion
et les tombeaux.

« Ces chantres sont de race divine, ils possèdent le
seul talent incontestable dont le ciel ait fait présent à la
terre. Leur vie est à la fois naïve et sublime; ils
célèbrent les Dieux avec une bouche d'or, et sont les
plus simples des hommes; ils causent comme des
immortels ou comme de petits enfants; ils expliquent
les lois de l'univers, et ne peuvent comprendre les
affaires les plus innocentes de la vie; ils ont des idées
merveilleuses de la mort, et meurent, sans s'en apercevoir, comme des nouveau-nés.

« Sur les monts de la Calédonie, le dernier Barde
qu'on ait ouï dans ces déserts me chanta les poèmes
dont un héros consolait jadis sa vieillesse. Nous étions
assis sur quatre pierres rongées de mousse; un torrent
coulait à nos pieds; le chevreuil paissait à quelque
distance parmi les débris d'une tour, et le vent des mers
sifflait sur la bruyère de Cona. Maintenant la religion
chrétienne, fille aussi des hautes montagnes, a placé des
croix sur les monuments des héros de Morven, et
touché la harpe de David, au bord du même torrent où
Ossian fit gémir la sienne. Aussi pacifique que les

1. A Londres, derrière White-Hall, la statue de Charles II. (*Note
de Chateaubriand*).

divinités de Selma étaient guerrières, elle garde des troupeaux où Fingal livrait des combats, et elle a répandu des anges de paix dans les nuages qu'habitaient des fantômes homicides.

« L'ancienne et riante Italie m'offrit la foule de ses chefs-d'œuvre. Avec quelle sainte et poétique horreur j'errais dans ces vastes édifices consacrés par les arts à la religion ! Quel labyrinthe de colonnes ! Quelle succession d'arches et de voûtes ! Qu'ils sont beaux ces bruits qu'on entend autour des dômes, semblables aux rumeurs des flots dans l'Océan, aux murmures des vents dans les forêts, ou à la voix de Dieu dans son temple ! L'architecte bâtit, pour ainsi dire, les idées du poète et les fait toucher aux sens.

« Cependant qu'avais-je appris jusqu'alors avec tant de fatigue ? Rien de certain parmi les anciens, rien de beau parmi les modernes. Le passé et le présent sont deux statues incomplètes : l'une a été retirée toute mutilée du débris des âges ; l'autre n'a pas encore reçu sa perfection de l'avenir.

« Mais peut-être, mes vieux amis, vous surtout, habitants du désert, êtes-vous étonnés que dans ce récit de mes voyages, je ne vous aie pas une seule fois entretenus des monuments de la nature ?

« Un jour, j'étais monté au sommet de l'Etna, volcan qui brûle au milieu d'une île. Je vis le soleil se lever dans l'immensité de l'horizon au-dessous de moi, la Sicile resserrée comme un point à mes pieds, et la mer déroulée au loin dans les espaces. Dans cette vue perpendiculaire du tableau, les fleuves ne me semblaient plus que des lignes géographiques tracées sur une carte ; mais, tandis que d'un côté mon œil apercevait ces objets, de l'autre il plongeait dans le cratère de l'Etna, dont je découvrais les entrailles brûlantes, entre les bouffées d'une noire vapeur.

« Un jeune homme plein de passions, assis sur la bouche d'un volcan, et pleurant sur les mortels dont à peine il voyait à ses pieds les demeures, n'est sans doute, ô vieillard, qu'un objet digne de votre pitié ; mais, quoi que vous puissiez penser de René, ce tableau vous offre l'image de son caractère et de son existence :

c'est ainsi que toute ma vie j'ai eu devant les yeux une
création à la fois immense et imperceptible, et un abîme
ouvert à mes côtés. »

En prononçant ces derniers mots, René se tut, et
tomba subitement dans la rêverie. Le P. Souël le regardait avec étonnement, et le vieux Sachem aveugle qui
n'entendait plus parler le jeune homme, ne savait que
penser de ce silence.

René avait les yeux attachés sur un groupe d'Indiens
qui passaient gaiement dans la plaine. Tout à coup sa
physionomie s'attendrit, des larmes coulent de ses
yeux, il s'écrie :

« Heureux Sauvages ! Oh ! que ne puis-je jouir de la
paix qui vous accompagne toujours ! Tandis qu'avec si
peu de fruit je parcourais tant de contrées, vous, assis
tranquillement sous vos chênes, vous laissiez couler les
jours sans les compter. Votre raison n'était que vos
besoins, et vous arriviez, mieux que moi, au résultat de
la sagesse, comme l'enfant, entre les jeux et le sommeil.
Si cette mélancolie qui s'engendre de l'excès du bonheur atteignait quelquefois votre âme, bientôt vous
sortiez de cette tristesse passagère, et votre regard levé
vers le Ciel, cherchait avec attendrissement ce je ne sais
quoi inconnu qui prend pitié du pauvre Sauvage. »

Ici la voix de René expira de nouveau, et le jeune
homme pencha la tête sur sa poitrine. Chactas, étendant
le bras dans l'ombre, et prenant le bras de son fils, lui
cria d'un ton ému : « Mon fils ! mon cher fils ! » A ces
accents, le frère d'Amélie revenant à lui, et rougissant
de son trouble, pria son père de lui pardonner.

Alors le vieux Sauvage : « Mon jeune ami, les mouvements d'un cœur comme le tien ne sauraient être
égaux ; modère seulement ce caractère qui t'a déjà fait
tant de mal. Si tu souffres plus qu'un autre des choses
de la vie, il ne faut pas t'en étonner ; une grande âme
doit contenir plus de douleur qu'une petite. Continue
ton récit. Tu nous as fait parcourir une partie de
l'Europe, fais-nous connaître ta patrie. Tu sais que j'ai
vu la France, et quels liens m'y ont attaché ; j'aimerai à
entendre parler de ce grand Chef[1], qui n'est plus, et

---

1. Louis XIV. *(Note de Chateaubriand.)*

dont j'ai visité la superbe cabane. Mon enfant, je ne vis plus que par la mémoire. Un vieillard avec ses souvenirs ressemble au chêne décrépit de nos bois : ce chêne ne se décore plus de son propre feuillage, mais il couvre quelquefois sa nudité des plantes étrangères qui ont végété sur ses antiques rameaux. »

Le frère d'Amélie, calmé par ces paroles, reprit ainsi l'histoire de son cœur :

« Hélas ! mon père, je ne pourrai t'entretenir de ce grand siècle dont je n'ai vu que la fin dans mon enfance, et qui n'était plus lorsque je rentrai dans ma patrie. Jamais un changement plus étonnant et plus soudain ne s'est opéré chez un peuple. De la hauteur du génie, du respect pour la religion, de la gravité des mœurs, tout était subitement descendu à la souplesse de l'esprit, à l'impiété, à la corruption.

« C'était donc bien vainement que j'avais espéré retrouver dans mon pays de quoi calmer cette inquiétude, cette ardeur de désir qui me suit partout. L'étude du monde ne m'avait rien appris, et pourtant je n'avais plus la douceur de l'ignorance.

« Ma sœur, par une conduite inexplicable, semblait se plaire à augmenter mon ennui ; elle avait quitté Paris quelques jours avant mon arrivée. Je lui écrivis que je comptais l'aller rejoindre ; elle se hâta de me répondre pour me détourner de ce projet, sous prétexte qu'elle était incertaine du lieu où l'appelleraient ses affaires. Quelles tristes réflexions ne fis-je point alors sur l'amitié, que la présence attiédit, que l'absence efface, qui ne résiste point au malheur, et encore moins à la prospérité !

« Je me trouvai bientôt plus isolé dans ma patrie, que je ne l'avais été sur une terre étrangère. Je voulus me jeter pendant quelque temps dans un monde qui ne me disait rien et qui ne m'entendait pas. Mon âme, qu'aucune passion n'avait encore usée, cherchait un objet qui pût l'attacher ; mais je m'aperçus que je donnais plus que je ne recevais. Ce n'était ni un langage élevé, ni un sentiment profond qu'on demandait de moi. Je n'étais occupé qu'à rapetisser ma vie, pour la mettre au niveau de la société. Traité partout d'esprit romanesque, honteux du rôle que je jouais, dégoûté de plus en plus des choses et des hommes, je pris le parti de me retirer dans un faubourg pour y vivre totalement ignoré.

« Je trouvai d'abord assez de plaisir dans cette vie obscure et indépendante. Inconnu, je me mêlais à la foule : vaste désert d'hommes !

« Souvent assis dans une église peu fréquentée, je passais des heures entières en méditation. Je voyais de pauvres femmes venir se prosterner devant le Très-Haut, ou des pécheurs s'agenouiller au tribunal de la pénitence. Nul ne sortait de ces lieux sans un visage plus serein, et les sourdes clameurs qu'on entendait au-dehors semblaient être les flots des passions et les orages du monde qui venaient expirer au pied du temple du Seigneur. Grand Dieu, qui vit en secret couler mes larmes dans ces retraites sacrées, tu sais combien de fois je me jetai à tes pieds, pour te supplier de me décharger du poids de l'existence, ou de changer en moi le vieil homme ! Ah ! qui n'a senti quelquefois le besoin de se régénérer, de se rajeunir aux eaux du torrent, de retremper son âme à la fontaine de vie ? Qui ne se trouve quelquefois accablé du fardeau de sa propre corruption, et incapable de rien faire de grand, de noble, de juste ?

« Quand le soir était venu, reprenant le chemin de ma retraite, je m'arrêtais sur les ponts, pour voir se coucher le soleil. L'astre, enflammant les vapeurs de la cité, semblait osciller lentement dans un fluide d'or, comme le pendule de l'horloge des siècles. Je me retirais ensuite avec la nuit, à travers un labyrinthe de rues solitaires. En regardant les lumières qui brillaient dans les demeures des hommes, je me transportais par la pensée au milieu des scènes de douleur et de joie qu'elles éclairaient ; et je songeais que sous tant de toits habités, je n'avais pas un ami. Au milieu de mes réflexions, l'heure venait frapper à coups mesurés dans la tour de la cathédrale gothique ; elle allait se répéter sur tous les tons et à toutes les distances d'église en église. Hélas ! chaque heure dans la société ouvre un tombeau, et fait couler des larmes.

« Cette vie, qui m'avait d'abord enchanté, ne tarda pas à me devenir insupportable. Je me fatiguai de la répétition des mêmes scènes et des mêmes idées. Je me mis à sonder mon cœur, à me demander ce que je désirais. Je ne le savais pas ; mais je crus tout à coup que les bois me seraient délicieux. Me voilà soudain résolu d'achever, dans un exil champêtre, une carrière à peine commencée, et dans laquelle j'avais déjà dévoré des siècles.

« J'embrassai ce projet avec l'ardeur que je mets à tous mes desseins ; je partis précipitamment pour m'ensevelir dans une chaumière, comme j'étais parti autrefois pour faire le tour du monde.

« On m'accuse d'avoir des goûts inconstants, de ne pouvoir jouir longtemps de la même chimère, d'être la proie d'une imagination qui se hâte d'arriver au fond de mes plaisirs, comme si elle était accablée de leur durée ; on m'accuse de passer toujours le but que je puis atteindre : hélas ! je cherche seulement un bien inconnu, dont l'instinct me poursuit. Est-ce ma faute, si je trouve partout des bornes, si ce qui est fini n'a pour moi aucune valeur ? Cependant je sens que j'aime la monotonie des sentiments de la vie, et si j'avais encore la folie de croire au bonheur, je le chercherais dans l'habitude.

« La solitude absolue, le spectacle de la nature, me plongèrent bientôt dans un état presque impossible à décrire. Sans parents, sans amis, pour ainsi dire seul sur la terre, n'ayant point encore aimé, j'étais accablé d'une surabondance de vie. Quelquefois je rougissais subitement, et je sentais couler dans mon cœur comme des ruisseaux d'une lave ardente ; quelquefois je poussais des cris involontaires, et la nuit était également troublée de mes songes et de mes veilles. Il me manquait quelque chose pour remplir l'abîme de mon existence : je descendais dans la vallée, je m'élevais sur la montagne, appelant de toute la force de mes désirs l'idéal objet d'une flamme future ; je l'embrassais dans les vents ; je croyais l'entendre dans les gémissements du fleuve ; tout était ce fantôme imaginaire, et les astres dans les cieux, et le principe même de vie dans l'univers.

« Toutefois cet état de calme et de trouble, d'indigence et de richesse, n'était pas sans quelques charmes.
Un jour je m'étais amusé à effeuiller une branche de
saule sur un ruisseau, et à attacher une idée à chaque
feuille que le courant entraînait. Un roi qui craint de
perdre sa couronne par une révolution subite, ne
ressent pas des angoisses plus vives que les miennes, à
chaque accident qui menaçait les débris de mon
rameau. O faiblesse des mortels! O enfance du cœur
humain qui ne vieillit jamais! Voilà donc à quel degré
de puérilité notre superbe raison peut descendre! Et
encore est-il vrai que bien des hommes attachent leur
destinée à des choses d'aussi peu de valeur que mes
feuilles de saule.

« Mais comment exprimer cette foule de sensations
fugitives, que j'éprouvais dans mes promenades? Les
sons que rendent les passions dans le vide d'un cœur
solitaire, ressemblent au murmure que les vents et les
eaux font entendre dans le silence d'un désert : on en
jouit, mais on ne peut les peindre.

« L'automne me surprit au milieu de ces incerti-
tudes : j'entrai avec ravissement dans les mois des
tempêtes. Tantôt j'aurais voulu être un de ces guerriers
errant au milieu des vents, des nuages et des fantômes;
tantôt j'enviais jusqu'au sort du pâtre que je voyais
réchauffer ses mains à l'humble feu de broussailles qu'il
avait allumé au coin d'un bois. J'écoutais ses chants
mélancoliques, qui me rappelaient que dans tout pays,
le chant naturel de l'homme est triste, lors même qu'il
exprime le bonheur. Notre cœur est un instrument
incomplet, une lyre où il manque des cordes, et où nous
sommes forcés de rendre les accents de la joie sur le ton
consacré aux soupirs.

« Le jour je m'égarais sur de grandes bruyères terminées par des forêts. Qu'il fallait peu de chose à ma
rêverie : une feuille séchée que le vent chassait devant
moi, une cabane dont la fumée s'élevait dans la cime
dépouillée des arbres, la mousse qui tremblait au
souffle du nord sur le tronc d'un chêne, une roche
écartée, un étang désert où le jonc flétri murmurait! Le
clocher du hameau, s'élevant au loin dans la vallée, a

souvent attiré mes regards ; souvent j'ai suivi des yeux
les oiseaux de passage qui volaient au-dessus de ma tête.
Je me figurais les bords ignorés, les climats lointains où
ils se rendent ; j'aurais voulu être sur leurs ailes. Un
secret instinct me tourmentait ; je sentais que je n'étais
moi-même qu'un voyageur ; mais une voix du ciel
semblait me dire : « Homme, la saison de ta migration
« n'est pas encore venue ; attends que le vent de la mort
« se lève, alors tu déploieras ton vol vers ces régions
« inconnues que ton cœur demande. »

« Levez-vous vite, orages désirés, qui devez emporter René dans les espaces d'une autre vie ! Ainsi disant,
je marchais à grands pas, le visage enflammé, le vent
sifflant dans ma chevelure, ne sentant ni pluie ni frimas,
enchanté, tourmenté, et comme possédé par le démon
de mon cœur.

« La nuit, lorsque l'aquilon ébranlait ma chaumière,
que les pluies tombaient en torrent sur mon toit, qu'à
travers ma fenêtre je voyais la lune sillonner les nuages
amoncelés, comme un pâle vaisseau qui laboure les
vagues, il me semblait que la vie redoublait au fond de
mon cœur, que j'aurais eu la puissance de créer des
mondes. Ah ! si j'avais pu faire partager à une autre les
transports que j'éprouvais ! O Dieu ! si tu m'avais donné
une femme selon mes désirs ; si, comme à notre premier
père, tu m'eusses amené par la main une Ève tirée de
moi-même... Beauté céleste, je me serais prosterné
devant toi ; puis, te prenant dans mes bras, j'aurais prié
l'Éternel de te donner le reste de ma vie.

« Hélas, j'étais seul, seul sur la terre ! Une langueur
secrète s'emparait de mon corps. Ce dégoût de la vie
que j'avais ressenti dès mon enfance, revenait avec une
force nouvelle. Bientôt mon cœur ne fournit plus d'aliment à ma pensée, et je ne m'apercevais de mon
existence que par un profond sentiment d'ennui.

« Je luttai quelque temps contre mon mal, mais avec
indifférence et sans avoir la ferme résolution de le
vaincre. Enfin, ne pouvant trouver de remède à cette
étrange blessure de mon cœur, qui n'était nulle part et
qui était partout, je résolus de quitter la vie.

« Prêtre du Très-Haut, qui m'entendez, pardonnez à

un malheureux que le ciel avait presque privé de la raison. J'étais plein de religion, et je raisonnais en impie ; mon cœur aimait Dieu, et mon esprit le méconnaissait ; ma conduite, mes discours, mes sentiments, mes pensées, n'étaient que contradiction, ténèbres, mensonges. Mais l'homme sait-il bien toujours ce qu'il veut, est-il toujours sûr de ce qu'il pense ?

« Tout m'échappait à la fois, l'amitié, le monde, la retraite. J'avais essayé de tout, et tout m'avait été fatal. Repoussé par la société, abandonné d'Amélie, quand la solitude vint à me manquer, que me restait-il ? C'était la dernière planche sur laquelle j'avais espéré me sauver, et je la sentais encore s'enfoncer dans l'abîme !

« Décidé que j'étais à me débarrasser du poids de la vie, je résolus de mettre toute ma raison dans cet acte insensé. Rien ne me pressait ; je ne fixai point le moment du départ, afin de savourer à longs traits les derniers moments de l'existence, et de recueillir toutes mes forces, à l'exemple d'un Ancien, pour sentir mon âme s'échapper.

« Cependant je crus nécessaire de prendre des arrangements concernant ma fortune, et je fus obligé d'écrire à Amélie. Il m'échappa quelques plaintes sur son oubli, et je laissai sans doute percer l'attendrissement qui surmontait peu à peu mon cœur. Je m'imaginais pourtant avoir bien dissimulé mon secret ; mais ma sœur accoutumée à lire dans les replis de mon âme, le devina sans peine. Elle fut alarmée du ton de contrainte qui régnait dans ma lettre, et de mes questions sur des affaires dont je ne m'étais jamais occupé. Au lieu de me répondre, elle me vint tout à coup surprendre.

« Pour bien sentir quelle dut être dans la suite l'amertume de ma douleur, et quels furent mes premiers transports en revoyant Amélie, il faut vous figurer que c'était la seule personne au monde que j'eusse aimée, que tous mes sentiments se venaient confondre en elle, avec la douceur des souvenirs de mon enfance. Je reçus donc Amélie dans une sorte d'extase de cœur. Il y avait si longtemps que je n'avais trouvé quelqu'un qui m'entendît, et devant qui je pusse ouvrir mon âme !

« Amélie se jetant dans mes bras, me dit : « Ingrat,

« tu veux mourir, et ta sœur existe ! Tu soupçonnes son
« cœur ! Ne t'explique point, ne t'excuse point, je sais
« tout ; j'ai tout compris, comme si j'avais été avec toi.
« Est-ce moi que l'on trompe, moi, qui ai vu naître tes
« premiers sentiments ? Voilà ton malheureux carac-
« tère, tes dégoûts, tes injustices. Jure, tandis que je te
« presse sur mon cœur, jure que c'est la dernière fois
« que tu te livreras à tes folies ; fais le serment de ne
« jamais attenter à tes jours. »

« En prononçant ces mots, Amélie me regardait avec
compassion et tendresse, et couvrait mon front de ses
baisers ; c'était presque une mère, c'était quelque chose
de plus tendre. Hélas ! mon cœur se rouvrit à toutes les
joies ; comme un enfant, je ne demandais qu'à être
consolé ; je cédai à l'empire d'Amélie ; elle exigea un
serment solennel ; je le fis sans hésiter, ne soupçonnant
même pas que désormais je pusse être malheureux.

« Nous fûmes plus d'un mois à nous accoutumer à
l'enchantement d'être ensemble. Quand le matin, au
lieu de me trouver seul, j'entendais la voix de ma sœur,
j'éprouvais un tressaillement de joie et de bonheur.
Amélie avait reçu de la nature quelque chose de divin ;
son âme avait les mêmes grâces innocentes que son
corps ; la douceur de ses sentiments était infinie ; il n'y
avait rien que de suave et d'un peu rêveur dans son
esprit ; on eût dit que son cœur, sa pensée et sa voix
soupiraient comme de concert ; elle tenait de la femme
la timidité et l'amour, et de l'ange la pureté et la
mélodie.

« Le moment était venu où j'allais expier toutes mes
inconséquences. Dans mon délire j'avais été jusqu'à
désirer d'éprouver un malheur, pour avoir du moins un
objet réel de souffrance : épouvantable souhait que
Dieu, dans sa colère, a trop exaucé !

« Que vais-je vous révéler, ô mes amis ! Voyez les
pleurs qui coulent de mes yeux. Puis-je même... Il y a
quelques jours, rien n'aurait pu m'arracher ce secret...
A présent tout est fini !

« Toutefois, ô vieillards, que cette histoire soit à
jamais ensevelie dans le silence : souvenez-vous qu'elle
n'a été racontée que sous l'arbre du désert.

« L'hiver finissait, lorsque je m'aperçus qu'Amélie
perdait le repos et la santé qu'elle commençait à me
rendre. Elle maigrissait ; ses yeux se creusaient ; sa
démarche était languissante, et sa voix troublée. Un
jour, je la surpris tout en larmes au pied d'un crucifix.
Le monde, la solitude, mon absence, ma présence, la
nuit, le jour, tout l'alarmait. D'involontaires soupirs
venaient expirer sur ses lèvres ; tantôt elle soutenait,
sans se fatiguer, une longue course ; tantôt elle se
traînait à peine ; elle prenait et laissait son ouvrage,
ouvrait un livre sans pouvoir lire, commençait une
phrase qu'elle n'achevait pas, fondait tout à coup en
pleurs, et se retirait pour prier.

« En vain je cherchais à découvrir son secret. Quand
je l'interrogeais, en la pressant dans mes bras, elle me
répondait, avec un sourire, qu'elle était comme moi,
qu'elle ne savait pas ce qu'elle avait.

« Trois mois se passèrent de la sorte, et son état
devenait pire chaque jour. Une correspondance mystérieuse me semblait être la cause de ses larmes, car elle
paraissait ou plus tranquille ou plus émue, selon les
lettres qu'elle recevait. Enfin, un matin, l'heure à
laquelle nous déjeunions ensemble étant passée, je
monte à son appartement ; je frappe, on ne me répond
point ; j'entrouvre la porte, il n'y avait personne dans la
chambre. J'aperçois sur la cheminée un paquet à mon
adresse. Je le saisis en tremblant, je l'ouvre, et je lis
cette lettre, que je conserve pour m'ôter à l'avenir tout
mouvement de joie.

A RENÉ

« Le Ciel m'est témoin, mon frère, que je donnerais
« mille fois ma vie pour vous épargner un moment de
« peine ; mais, infortunée que je suis, je ne puis rien
« pour votre bonheur. Vous me pardonnerez donc de
« m'être dérobée de chez vous, comme une coupable :
« je n'aurais pu résister à vos prières, et cependant il
« fallait partir... Mon Dieu, ayez pitié de moi !
« Vous savez, René, que j'ai toujours eu du pen-

« chant pour la vie religieuse : il est temps que je mette
« à profit les avertissements du Ciel. Pourquoi ai-je
« attendu si tard ? Dieu m'en punit. J'étais restée pour
« vous dans le monde… Pardonnez, je suis toute trou-
« blée par le chagrin que j'ai de vous quitter.

   « C'est à présent, mon cher frère, que je sens bien la
« nécessité de ces asiles, contre lesquels je vous ai vu
« souvent vous élever. Il est des malheurs qui nous
« séparent pour toujours des hommes : que devien-
« draient alors de pauvres infortunées ?… Je suis per-
« suadée que vous-même, mon frère, vous trouveriez le
« repos dans ces retraites de la religion : la terre n'offre
« rien qui soit digne de vous.

   « Je ne vous rappellerai point votre serment : je
« connais la fidélité de votre parole. Vous l'avez juré,
« vous vivrez pour moi. Y a-t-il rien de plus misérable,
« que de songer sans cesse à quitter la vie ? Pour un
« homme de votre caractère, il est si aisé de mourir !
« Croyez-en votre sœur, il est plus difficile de vivre.

   « Mais, mon frère, sortez au plus vite de la solitude,
« qui ne vous est pas bonne ; cherchez quelque occupa-
« tion. Je sais que vous riez amèrement de cette néces-
« sité où l'on est en France de *prendre un état*. Ne
« méprisez pas tant l'expérience et la sagesse de nos
« pères. Il vaut mieux, mon cher René, ressembler un
« peu plus au commun des hommes, et avoir un peu
« moins de malheur.

   « Peut-être trouveriez-vous dans le mariage un sou-
« lagement à vos ennuis. Une femme, des enfants
« occuperaient vos jours. Et quelle est la femme qui ne
« chercherait pas à vous rendre heureux ! L'ardeur de
« votre âme, la beauté de votre génie, votre air noble et
« passionné, ce regard fier et tendre, tout vous assure-
« rait de son amour et de sa fidélité. Ah ! avec quelles
« délices ne te presserait-elle pas dans ses bras et sur son
« cœur ! Comme tous ses regards, toutes ses pensées
« seraient attachés sur toi pour prévenir tes moindres
« peines ! Elle serait tout amour, toute innocence
« devant toi ; tu croirais retrouver une sœur.

   « Je pars pour le couvent de… Ce monastère, bâti au
« bord de la mer, convient à la situation de mon âme.

« La nuit, du fond de ma cellule, j'entendrai le mur-
« mure des flots qui baignent les murs du couvent; je
« songerai à ces promenades que je faisais avec vous, au
« milieu des bois, alors que nous croyions retrouver le
« bruit des mers dans la cime agitée des pins. Aimable
« compagnon de mon enfance, est-ce que je ne vous
« verrai plus? A peine plus âgée que vous, je vous
« balançais dans votre berceau; souvent nous avons
« dormi ensemble. Ah! si un même tombeau nous
« réunissait un jour! Mais non : je dois dormir seule
« sous les marbres glacés de ce sanctuaire où reposent
« pour jamais ces filles qui n'ont point aimé.

« Je ne sais si vous pourrez lire ces lignes à demi
« effacées par mes larmes. Après tout, mon ami, un peu
« plus tôt, un peu plus tard, n'aurait-il pas fallu nous
« quitter? Qu'ai-je besoin de vous entretenir de l'incer-
« titude et du peu de valeur de la vie? Vous vous
« rappelez le jeune M... qui fit naufrage à l'île de
« France. Quand vous reçûtes sa dernière lettre, quel-
« ques mois après sa mort, sa dépouille terrestre n'exis-
« tait même plus, et l'instant où vous commenciez son
« deuil en Europe était celui où on le finissait aux Indes.
« Qu'est-ce donc que l'homme, dont la mémoire périt si
« vite? Une partie de ses amis ne peut apprendre sa
« mort, que l'autre n'en soit déjà consolée! Quoi, cher
« et trop cher René, mon souvenir s'effacera-t-il si
« promptement de ton cœur? O mon frère, si je
« m'arrache à vous dans le temps, c'est pour n'être pas
« séparée de vous dans l'éternité. »

                                                            AMÉLIE.

   P. S. « Je joins ici l'acte de donation de mes biens;
« j'espère que vous ne refuserez pas cette marque de
« mon amitié. »

   « La foudre qui fût tombée à mes pieds ne m'eût pas
causé plus d'effroi que cette lettre. Quel secret Amélie
me cachait-elle? Qui la forçait si subitement à embrasser la vie religieuse? Ne m'avait-elle rattaché à l'existence par le charme de l'amitié que pour me délaisser
tout à coup? Oh! pourquoi était-elle venue me détourner de mon dessein! Un mouvement de pitié l'avait

rappelée auprès de moi, mais bientôt fatiguée d'un pénible devoir, elle se hâte de quitter un malheureux qui n'avait qu'elle sur la terre. On croit avoir tout fait quand on a empêché un homme de mourir! Telles étaient mes plaintes. Puis faisant un retour sur moi-même : « Ingrate Amélie, disais-je, si tu avais été à ma « place, si, comme moi, tu avais été perdue dans le vide « de tes jours, ah! tu n'aurais pas été abandonnée de ton « frère. »

« Cependant, quand je relisais la lettre, j'y trouvais je ne sais quoi de si triste et de si tendre, que tout mon cœur se fondait. Tout à coup il me vint une idée qui me donna quelque espérance : je m'imaginai qu'Amélie avait peut-être conçu une passion pour un homme qu'elle n'osait avouer. Ce soupçon sembla m'expliquer sa mélancolie, sa correspondance mystérieuse, et le ton passionné qui respirait dans sa lettre. Je lui écrivis aussitôt pour la supplier de m'ouvrir son cœur.

« Elle ne tarda pas à me répondre, mais sans me découvrir son secret : elle me mandait seulement qu'elle avait obtenu les dispenses du noviciat, et qu'elle allait prononcer ses vœux.

« Je fus révolté de l'obstination d'Amélie, du mystère de ses paroles, et de son peu de confiance en mon amitié.

« Après avoir hésité un moment sur le parti que j'avais à prendre, je résolus d'aller à B... pour faire un dernier effort auprès de ma sœur. La terre où j'avais été élevé se trouvait sur la route. Quand j'aperçus les bois où j'avais passé les seuls moments heureux de ma vie, je ne pus retenir mes larmes, et il me fut impossible de résister à la tentation de leur dire un dernier adieu.

« Mon frère aîné avait vendu l'héritage paternel, et le nouveau propriétaire ne l'habitait pas. J'arrivai au château par la longue avenue de sapins; je traversai à pied les cours désertes; je m'arrêtai à regarder les fenêtres fermées ou demi-brisées, le chardon qui croissait au pied des murs, les feuilles qui jonchaient le seuil des portes, et ce perron solitaire où j'avais vu si souvent mon père et ses fidèles serviteurs. Les marches étaient déjà couvertes de mousse; le violier jaune croissait entre leurs pierres déjointes et tremblantes. Un gardien inconnu m'ouvrit brusquement les portes. J'hésitais à franchir le seuil; cet homme s'écria : « Eh bien! allez-« vous faire comme cette étrangère qui vint ici il y a « quelques jours? Quand ce fut pour entrer, elle s'éva-« nouit, et je fus obligé de la reporter à sa voiture. » Il me fut aisé de reconnaître l'*étrangère* qui, comme moi, était venue chercher dans ces lieux des pleurs et des souvenirs!

« Couvrant un moment mes yeux de mon mouchoir, j'entrai sous le toit de mes ancêtres. Je parcourus les appartements sonores où l'on n'entendait que le bruit de mes pas. Les chambres étaient à peine éclairées par la faible lumière qui pénétrait entre les volets fermés : je visitai celle où ma mère avait perdu la vie en me mettant au monde, celle où se retirait mon père, celle où j'avais dormi dans mon berceau, celle enfin où l'amitié avait reçu mes premiers vœux dans le sein d'une sœur. Partout les salles étaient détendues, et l'araignée filait sa toile dans les couches abandonnées. Je sortis précipi-tamment de ces lieux, je m'en éloignai à grands pas, sans oser tourner la tête. Qu'ils sont doux, mais qu'ils sont rapides, les moments que les frères et les sœurs passent dans leurs jeunes années, réunis sous l'aile de leurs vieux parents! La famille de l'homme n'est que d'un jour; le souffle de Dieu la disperse comme une fumée. A peine le fils connaît-il le père, le père le fils, le frère la sœur, la sœur le frère! Le chêne voit germer ses glands autour de lui : il n'en est pas ainsi des enfants des hommes!

« En arrivant à B..., je me fis conduire au couvent; je demandai à parler à ma sœur. On me dit qu'elle ne recevait personne. Je lui écrivis : elle me répondit que, sur le point de se consacrer à Dieu, il ne lui était pas permis de donner une pensée au monde; que si je l'aimais, j'éviterais de l'accabler de ma douleur. Elle ajoutait : « Cependant si votre projet est de paraître à « l'autel le jour de ma profession, daignez m'y servir de « père; ce rôle est le seul digne de votre courage, le seul « qui convienne à notre amitié, et à mon repos. »

« Cette froide fermeté qu'on opposait à l'ardeur de

mon amitié, me jeta dans de violents transports. Tantôt j'étais près de retourner sur mes pas ; tantôt je voulais rester, uniquement pour troubler le sacrifice. L'enfer me suscitait jusqu'à la pensée de me poignarder dans l'église, et de mêler mes derniers soupirs aux vœux qui m'arrachaient ma sœur. La supérieure du couvent me fit prévenir qu'on avait préparé un banc dans le sanctuaire, et elle m'invitait à me rendre à la cérémonie qui devait avoir lieu dès le lendemain.

« Au lever de l'aube, j'entendis le premier son des cloches... Vers dix heures, dans une sorte d'agonie, je me traînai au monastère. Rien ne peut plus être tragique quand on a assisté à un pareil spectacle ; rien ne peut plus être douloureux quand on y a survécu.

« Un peuple immense remplissait l'église. On me conduit au banc du sanctuaire ; je me précipite à genoux sans presque savoir où j'étais, ni à quoi j'étais résolu. Déjà le prêtre attendait à l'autel ; tout à coup la grille mystérieuse s'ouvre, et Amélie s'avance, parée de toutes les pompes du monde. Elle était si belle, il y avait sur son visage quelque chose de si divin, qu'elle excita un mouvement de surprise et d'admiration. Vaincu par la glorieuse douleur de la sainte, abattu par les grandeurs de la religion, tous mes projets de violence s'évanouirent ; ma force m'abandonna ; je me sentis lié par une main toute-puissante, et, au lieu de blasphèmes et de menaces, je ne trouvai dans mon cœur que de profondes adorations et les gémissements de l'humilité.

« Amélie se place sous un dais. Le sacrifice commence à la lueur des flambeaux, au milieu des fleurs et des parfums, qui devaient rendre l'holocauste agréable. A l'offertoire, le prêtre se dépouilla de ses ornements, ne conserva qu'une tunique de lin, monta en chaire, et, dans un discours simple et pathétique, peignit le bonheur de la vierge qui se consacre au Seigneur. Quand il prononça ces mots : « Elle a paru « comme l'encens qui se consume dans le feu », un grand calme et des odeurs célestes semblèrent se répandre dans l'auditoire ; on se sentit comme à l'abri sous les ailes de la colombe mystique, et l'on eût cru voir les anges descendre sur l'autel et remonter vers les cieux avec des parfums et des couronnes.

« Le prêtre achève son discours, reprend ses vêtements, continue le sacrifice. Amélie, soutenue de deux
jeunes religieuses, se met à genoux sur la dernière
marche de l'autel. On vient alors me chercher, pour
remplir les fonctions paternelles. Au bruit de mes pas
chancelants dans le sanctuaire, Amélie est prête à
défaillir. On me place à côté du prêtre, pour lui
présenter les ciseaux. En ce moment je sens renaître
mes transports ; ma fureur va éclater, quand Amélie,
rappelant son courage, me lance un regard où il y a tant
de reproche et de douleur que j'en suis atterré. La
religion triomphe. Ma sœur profite de mon trouble ; elle
avance hardiment la tête. Sa superbe chevelure tombe
de toutes parts sous le fer sacré ; une longue robe
d'étamine remplace pour elle les ornements du siècle,
sans la rendre moins touchante ; les ennuis de son front
se cachent sous un bandeau de lin ; et le voile mystérieux, double symbole de la virginité et de la religion,
accompagne sa tête dépouillée. Jamais elle n'avait paru
si belle. L'œil de la pénitente était attaché sur la
poussière du monde, et son âme était dans le ciel.

« Cependant Amélie n'avait point encore prononcé
ses vœux ; et pour mourir au monde il fallait qu'elle
passât à travers le tombeau. Ma sœur se couche sur le
marbre ; on étend sur elle un drap mortuaire ; quatre
flambeaux en marquent les quatre coins. Le prêtre,
l'étole au cou, le livre à la main, commence l'Office des
morts ; de jeunes vierges le continuent. O joies de la
religion, que vous êtes grandes, mais que vous êtes
terribles ! On m'avait contraint de me placer à genoux,
près de ce lugubre appareil. Tout à coup un murmure
confus sort de dessous le voile sépulcral ; je m'incline, et
ces paroles épouvantables (que je fus seul à entendre)
viennent frapper mon oreille : « Dieu de miséricorde,
« fais que je ne me relève jamais de cette couche
« funèbre, et comble de tes biens un frère qui n'a point
« partagé ma criminelle passion ! »

« A ces mots échappés du cercueil, l'affreuse vérité
m'éclaire ; ma raison s'égare, je me laisse tomber sur le
linceul de la mort, je presse ma sœur dans mes bras, je
m'écrie : « Chaste épouse de Jésus-Christ, reçois mes

« derniers embrassements à travers les glaces du trépas
« et les profondeurs de l'éternité, qui te séparent déjà de
« ton frère ! »

« Ce mouvement, ce cri, ces larmes, troublent la
cérémonie, le prêtre s'interrompt, les religieuses fer-
ment la grille, la foule s'agite et se presse vers l'autel ; on
m'emporte sans connaissance. Que je sus peu de gré à
ceux qui me rappelèrent au jour ! J'appris, en rouvrant
les yeux, que le sacrifice était consommé, et que ma
sœur avait été saisie d'une fièvre ardente. Elle me faisait
prier de ne plus chercher à la voir. O misère de ma vie :
une sœur craindre de parler à un frère, et un frère
craindre de faire entendre sa voix à une sœur ! Je sortis
du monastère comme de ce lieu d'expiation où des
flammes nous préparent pour la vie céleste, où l'on a
tout perdu comme aux enfers, hors l'espérance.

« On peut trouver des forces dans son âme contre un
malheur personnel ; mais devenir la cause involontaire
du malheur d'un autre, cela est tout à fait insupportable. Éclairé sur les maux de ma sœur, je me figurais ce
qu'elle avait dû souffrir. Alors s'expliquèrent pour moi
plusieurs choses que je n'avais pu comprendre : ce
mélange de joie et de tristesse, qu'Amélie avait fait
paraître au moment de mon départ pour mes voyages,
le soin qu'elle prit de m'éviter à mon retour, et cependant cette faiblesse qui l'empêcha si longtemps d'entrer
dans un monastère ; sans doute la fille malheureuse
s'était flattée de guérir ! Ses projets de retraite, la
dispense du noviciat, la disposition de ses biens en ma
faveur, avaient apparemment produit cette correspondance secrète qui servit à me tromper.

« O mes amis, je sus donc ce que c'était que de verser
des larmes, pour un mal qui n'était point imaginaire !
Mes passions, si longtemps indéterminées, se précipi-
tèrent sur cette première proie avec fureur. Je trouvai
même une sorte de satisfaction inattendue dans la
plénitude de mon chagrin, et je m'aperçus, avec un
secret mouvement de joie, que la douleur n'est pas une
affection qu'on épuise comme le plaisir.

« J'avais voulu quitter la terre avant l'ordre du Tout-
Puissant ; c'était un grand crime : Dieu m'avait envoyé

Amélie à la fois pour me sauver et pour me punir. Ainsi, toute pensée coupable, toute action criminelle entraîne après elle des désordres et des malheurs. Amélie me priait de vivre, et je lui devais bien de ne pas aggraver ses maux. D'ailleurs (chose étrange!) je n'avais plus envie de mourir depuis que j'étais réellement malheureux. Mon chagrin était devenu une occupation qui remplissait tous mes moments : tant mon cœur est naturellement pétri d'ennui et de misère!

« Je pris donc subitement une autre résolution; je me déterminai à quitter l'Europe, et à passer en Amérique.

« On équipait, dans ce moment même, au port de B..., une flotte pour la Louisiane; je m'arrangeai avec un des capitaines de vaisseau; je fis savoir mon projet à Amélie, et je m'occupai de mon départ.

« Ma sœur avait touché aux portes de la mort; mais Dieu, qui lui destinait la première palme des vierges, ne voulut pas la rappeler si vite à lui; son épreuve ici-bas fut prolongée. Descendue une seconde fois dans la pénible carrière de la vie, l'héroïne, courbée sous la croix, s'avança courageusement à l'encontre des douleurs, ne voyant plus que le triomphe dans le combat, et dans l'excès des souffrances, l'excès de la gloire.

« La vente du peu de bien qui me restait, et que je cédai à mon frère, les longs préparatifs d'un convoi, les vents contraires, me retinrent longtemps dans le port. J'allais chaque matin m'informer des nouvelles d'Amélie, et je revenais toujours avec de nouveaux motifs d'admiration et de larmes.

« J'errais sans cesse autour du monastère bâti au bord de la mer. J'apercevais souvent, à une petite fenêtre grillée qui donnait sur une plage déserte, une religieuse assise dans une attitude pensive; elle rêvait à l'aspect de l'océan où apparaissait quelque vaisseau, cinglant aux extrémités de la terre. Plusieurs fois, à la clarté de la lune, j'ai revu la même religieuse aux barreaux de la même fenêtre : elle contemplait la mer, éclairée par l'astre de la nuit, et semblait prêter l'oreille au bruit des vagues qui se brisaient tristement sur des grèves solitaires.

« Je crois encore entendre la cloche qui, pendant la

nuit, appelait les religieuses aux veilles et aux prières.
Tandis qu'elle tintait avec lenteur, et que les vierges
s'avançaient en silence à l'autel du Tout-Puissant, je
courais au monastère ; là, seul au pied des murs, j'écoutais dans une sainte extase, les derniers sons des cantiques, qui se mêlaient sous les voûtes du temple au
faible bruissement des flots.

« Je ne sais comment toutes ces choses, qui auraient
dû nourrir mes peines, en émoussaient au contraire
l'aiguillon. Mes larmes avaient moins d'amertume
lorsque je les répandais sur les rochers et parmi les
vents. Mon chagrin même, par sa nature extraordinaire, portait avec lui quelque remède : on jouit de ce
qui n'est pas commun, même quand cette chose est un
malheur. J'en conçus presque l'espérance que ma sœur
deviendrait à son tour moins misérable.

« Une lettre que je reçus d'elle avant mon départ
sembla me confirmer dans ces idées. Amélie se plai-
gnait tendrement de ma douleur, et m'assurait que le
temps diminuait la sienne. « Je ne désespère pas de
« mon bonheur, me disait-elle. L'excès même du sacri-
« fice, à présent que le sacrifice est consommé, sert à me
« rendre quelque paix. La simplicité de mes
« compagnes, la pureté de leurs vœux, la régularité de
« leur vie, tout répand du baume sur mes jours. Quand
« j'entends gronder les orages, et que l'oiseau de mer
« vient battre des ailes à ma fenêtre, moi, pauvre
« colombe du ciel, je songe au bonheur que j'ai eu de
« trouver un abri contre la tempête. C'est ici la sainte
« montagne, le sommet élevé d'où l'on entend les
« derniers bruits de la terre, et les premiers concerts du
« ciel ; c'est ici que la religion trompe doucement une
« âme sensible : aux plus violentes amours elle substi-
« tue une sorte de chasteté brûlante où l'amante et la
« vierge sont unies ; elle épure les soupirs ; elle change
« en une flamme incorruptible une flamme périssable ;
« elle mêle divinement son calme et son innocence à ce
« reste de trouble et de volupté d'un cœur qui cherche à
« se reposer, et d'une vie qui se retire. »

« Je ne sais ce que le ciel me réserve, et s'il a voulu
m'avertir que les orages accompagneraient partout mes

pas. L'ordre était donné pour le départ de la flotte ; déjà
plusieurs vaisseaux avaient appareillé au baisser du
soleil ; je m'étais arrangé pour passer la dernière nuit à
terre, afin d'écrire ma lettre d'adieux à Amélie. Vers
minuit, tandis que je m'occupe de ce soin, et que je
mouille mon papier de mes larmes, le bruit des vents
vient frapper mon oreille. J'écoute ; et au milieu de la
tempête, je distingue les coups de canon d'alarme,
mêlés au glas de la cloche monastique. Je vole sur le
rivage où tout était désert, et où l'on n'entendait que le
rugissement des flots. Je m'assieds sur un rocher. D'un
côté s'étendent les vagues étincelantes, de l'autre les
murs sombres du monastère se perdent confusément
dans les cieux. Une petite lumière paraissait à la fenêtre
grillée. Était-ce toi, ô mon Amélie, qui prosternée au
pied du crucifix, priait le Dieu des orages d'épargner
ton malheureux frère ? La tempête sur les flots, le calme
dans ta retraite ; des hommes brisés sur des écueils, au
pied de l'asile que rien ne peut troubler ; l'infini de
l'autre côté du mur d'une cellule ; les fanaux agités des
vaisseaux, le phare immobile du couvent ; l'incertitude
des destinées du navigateur, la vestale connaissant dans
un seul jour tous les jours futurs de sa vie ; d'une autre
part, une âme telle que la tienne, ô Amélie, orageuse
comme l'océan ; un naufrage plus affreux que celui du
marinier : tout ce tableau est encore profondément
gravé dans ma mémoire. Soleil de ce ciel nouveau
maintenant témoin de mes larmes, écho du rivage
américain qui répétez les accents de René, ce fut le
lendemain de cette nuit terrible, qu'appuyé sur le
gaillard de mon vaisseau, je vis s'éloigner pour jamais
ma terre natale ! Je contemplai longtemps sur la côte les
derniers balancements des arbres de la patrie, et les
faîtes du monastère qui s'abaissaient à l'horizon. »

Comme René achevait de raconter son histoire, il tira
un papier de son sein, et le donna au P. Souël ; puis, se
jetant dans les bras de Chactas, et étouffant ses sanglots,
il laissa le temps au missionnaire de parcourir la lettre
qu'il venait de lui remettre.

Elle était de la Supérieure de... Elle contenait le récit

des derniers moments de la sœur Amélie de la Miséricorde, morte victime de son zèle et de sa charité, en
soignant ses compagnes attaquées d'une maladie contagieuse. Toute la communauté était inconsolable, et l'on
y regardait Amélie comme une sainte. La Supérieure
ajoutait que, depuis trente ans qu'elle était à la tête de la
maison, elle n'avait jamais vu de religieuse d'une
humeur aussi douce et aussi égale, ni qui fût plus
contente d'avoir quitté les tribulations du monde.

Chactas pressait René dans ses bras; le vieillard
pleurait. « Mon enfant, dit-il à son fils, je voudrais que
le P. Aubry fût ici, il tirait du fond de son cœur je ne
sais quelle paix qui, en les calmant, ne semblait cependant point étrangère aux tempêtes; c'était la lune dans
une nuit orageuse; les nuages errants ne peuvent
l'emporter dans leur course; pure et inaltérable, elle
s'avance tranquille au-dessus d'eux. Hélas, pour moi,
tout me trouble et m'entraîne! »

Jusqu'alors le P. Souël, sans proférer une parole,
avait écouté d'un air austère l'histoire de René. Il
portait en secret un cœur compatissant, mais il montrait
au dehors un caractère inflexible; la sensibilité du
Sachem le fit sortir du silence :

« Rien, dit-il au frère d'Amélie, rien ne mérite, dans
« cette histoire, la pitié qu'on vous montre ici. Je vois
« un jeune homme entêté de chimères, à qui tout
« déplaît et qui s'est soustrait aux charges de la société
« pour se livrer à d'inutiles rêveries. On n'est point,
« monsieur, un homme supérieur parce qu'on aperçoit
« le monde sous un jour odieux. On ne hait les hommes
« et la vie, que faute de voir assez loin. Étendez un peu
« plus votre regard, et vous serez bientôt convaincu que
« tous ces maux dont vous vous plaignez sont de purs
« néants. Mais quelle honte de ne pouvoir songer au
« seul malheur réel de votre vie, sans être forcé de
« rougir! Toute la pureté, toute la vertu, toute la
« religion, toutes les couronnes d'une sainte rendent à
« peine tolérable la seule idée de vos chagrins. Votre
« sœur a expié sa faute; mais, s'il faut dire ici ma
« pensée, je crains que, par une épouvantable justice,
« un aveu sorti du sein de la tombe n'ait troublé votre

« âme à son tour. Que faites-vous seul au fond des forêts
« où vous consumez vos jours, négligeant tous vos
« devoirs ? Des saints, me direz-vous, se sont ensevelis
« dans les déserts ? Ils y étaient avec leurs larmes et
« employaient à éteindre leurs passions le temps que
« vous perdez peut-être à allumer les vôtres. Jeune
« présomptueux qui avez cru que l'homme se peut
« suffire à lui-même ! La solitude est mauvaise à celui
« qui n'y vit pas avec Dieu ; elle redouble les puissances
« de l'âme, en même temps qu'elle leur ôte tout sujet
« pour s'exercer. Quiconque a reçu des forces, doit les
« consacrer au service de ses semblables ; s'il les laisse
« inutiles, il en est d'abord puni par une secrète misère,
« et tôt ou tard le ciel lui envoie un châtiment
« effroyable. »

Troublé par ces paroles, René releva au sein de
Chactas sa tête humiliée. Le Sachem aveugle se prit à
sourire ; et ce sourire de la bouche, qui ne se mariait
plus à celui des yeux, avait quelque chose de mystérieux et de céleste. « Mon fils, dit le vieil amant d'Atala,
« il nous parle sévèrement ; il corrige et le vieillard et le
« jeune homme, et il a raison. Oui, il faut que tu
« renonces à cette vie extraordinaire qui n'est pleine
« que de soucis : il n'y a de bonheur que dans les voies
« communes.

« Un jour le Meschacebé, encore assez près de sa
« source, se lassa de n'être qu'un limpide ruisseau. Il
« demande des neiges aux montagnes, des eaux aux
« torrents, des pluies aux tempêtes, il franchit ses rives,
« et désole ses bords charmants. L'orgueilleux ruisseau
« s'applaudit d'abord de sa puissance ; mais voyant que
« tout devenait désert sur son passage ; qu'il coulait,
« abandonné dans la solitude ; que ses eaux étaient
« toujours troublées, il regretta l'humble lit que lui
« avait creusé la nature, les oiseaux, les fleurs, les arbres
« et les ruisseaux, jadis modestes compagnons de son
« paisible cours. »

Chactas cessa de parler, et l'on entendit la voix du
flamant qui, retiré dans les roseaux de Meschacebé,
annonçait un orage pour le milieu du jour. Les trois
amis reprirent la route de leurs cabanes : René mar-

chait en silence entre le missionnaire qui priait Dieu, et le Sachem aveugle qui cherchait sa route. On dit que, pressé par les deux vieillards, il retourna chez son épouse, mais sans y trouver le bonheur. Il périt peu de temps après avec Chactas et le P. Souël, dans le massacre des Français et des Natchez à la Louisiane. On montre encore un rocher où il allait s'asseoir au soleil couchant.

BIBLIOGRAPHIE

A. ATALA

I. ÉDITIONS SÉPARÉES

Atala, ou les Amours de Deux Sauvages dans le Désert,
par François-Auguste de Chateaubriand, Paris,
Migneret, an IX (1801). In-12.
Atala... Seconde édition (identique à la première).
Atala... Troisième édition, revue et corrigée, Paris,
Migneret, an IX (1801). In-12.
Atala... Quatrième édition, Paris, Migneret, an IX
(1801). In-12. (Identique à la troisième.)
Atala... Cinquième édition, Paris, Migneret, an IX
(1801). In-12. (Identique aux deux précédentes.)

II. DANS LE GÉNIE DU CHRISTIANISME

*Génie du Christianisme ou Beautés de la Religion Chré-
tienne*, Paris, Migneret, an X (1802). 5 vol. in-8.
(*Atala* figure au tome III, p. 184-301).
Génie du Christianisme..., *Seconde édition*, Paris, Migne-
ret, an XI (1803). 2 vol. in-8º. (*Atala* figure au tome
II, p. 172-278.)
Génie du Christianisme..., *Nouvelle édition avec figures*,

Paris, Migneret, an XI (1803). 4 vol. in-8. (*Atala* figure au tome III, p. 240-389.)

Génie du Christianisme..., *Nouvelle édition avec figures*, Paris, Migneret, an XI (1803). 4 vol. in-4. (*Atala* figure au tome III, p. 240-389.)

Génie du Christianisme..., *Troisième édition*, Paris, Migneret, an XI (1806). 4 vol. in-8. (*Atala* figure au tome III, p. 240-389.)

Génie du Christianisme..., *Quatrième édition*, Lyon, Ballanche, an XIII (1804). 9 vol. in-18. (*Atala* figure au tome VI, p. 47-209.)

III. ATALA - RENÉ

Atala - René, par Fr. Aug. de Chateaubriand, Paris, Lenormant, 1805. In-12.

IV. ŒUVRES COMPLÈTES

Œuvres Complètes..., Paris, Ladvocat, tome XVI (1826), (p. 17-136.)

Œuvres Complètes..., Paris, Pourrat, tome XVIII (1836), (p. 3-98.)

V. ÉDITIONS MODERNES

Atala..., édition critique, par Armand Weil, Paris, Corti, 1950. In-8.

Atala - René, texte établi et présenté par Gilbert Chinard, Paris, 1930. In-12. (*Les Textes Français. Collection des Universités de France.*

Atala, René, Les Aventures du dernier Abencérage. Introduction et Notes par F. Letessier, 1958 et 1962. (*Classiques Garnier.*)

Œuvres romanesques et Voyages. Texte établi et annoté par M. Regard, Gallimard, 1968, 2 vol. (Bibliothèque de La Pléiade. *Atala* figure au tome I, p. 33-99.)

VI. ÉTUDES

BÉDIER, Joseph, *Etudes critiques*, Paris, 1903.

CHINARD, Gilbert, *L'exotisme américain dans l'œuvre de Chateaubriand*, Paris, 1918.

—, *Une nouvelle source d'Atala. Les Aventures du Sieur Le Beau, avocat au Parlement, Modern Languages. Notes*, t. XXV, 1910.

—, *Agatha et le vœu d'Atala. Modern Language. Notes*, t. XLVI, 1961.

—, Ed. Chateaubriand, *Les Natchez*, Paris. 1932.

—, Ed. *Oderahi, histoire américaine...*, Paris, 1950.

GAUTIER, Jean-Maurice, *L'exotisme américain dans l'œuvre de Chateaubriand. Etude de vocabulaire.* Manchester University Press, 1951. (*Exotisme américain.*)

—, *Les néologismes de Chateaubriand, « Sachem » et « Meschacebé »*, Le Français Moderne, 1949.

GAVOTY, André, *Le secret d'Atala, Revue des Deux Mondes*, 1948.

HOGU, Louis, *Notes sur les sources d'Atala, Mémoires de la Société d'agriculture, Sciences et Arts d'Angers*, 1913.

LEBÈGUE, R., *Le révélateur de l'Amérique, Cahiers du Sud*, 1960.

LEBRAZ, A., *Les légendes des morts chez les Bretons*, Paris 1902. 2 vol.

MILLER, Meta Helena, *Chateaubriand and English Literature*, The Johns Hopkins Press, Baltimore, Les Presses Universitaires de France, 1925.

POMMIER, Jean, *Une inspiration plastique d'Atala, Bulletin Chateaubriand*, 1960.

SAGE, Pierre, *Le « bon prêtre » dans la littérature française...* Genève et Lille, Droz et Giard, 1951.

SAINTE-BEUVE, C.A., *Chateaubriand et son groupe littéraire sous l'Empire*, nouv. éd. par M. Allem, Paris, Garnier, 1948. 2 vol.

SERVIEN, Pius (Coculesco), *Lyrisme et structures sonores*, Paris, Boivin, 1930.

VILLIERS, Marc de, *La Louisiane de Chateaubriand, Journal de la Société des Américanistes de Paris*, XVI, 1924.

B. RENÉ

I. ÉDITIONS

Génie du Christianisme ou *Beautés de la Religion Chrétienne* par François-Auguste Chateaubriand, Paris, Migneret, an X-1802, 5 vol. in-8°. (*René*, t. II, p. 163-216.)

Génie du Christianisme... par François-Auguste Chateaubriand, *Seconde édition*, Paris, Migneret, an XI-1803, 2 vol. in-8°. (*René*, t. I, p. 415-462.)

Génie du Christianisme... par François-Auguste Chateaubriand, *Troisième édition*, Paris, Migneret, an XI-1803, 4 vol. in-8°. (*René*, t. II, p. 194-260.)

Génie du Christianisme... par François-Auguste Chateaubriand, *Quatrième édition*, Lyon, Ballanche, an XIII-1804. 9 vol. in-18. (*René*, t. III, p. 217-291.)

Atala-René, par François-Auguste Chateaubriand, Paris, chez Lenormant, rue des Prêtres-Saint-Germain-l'Auxerrois, 1805. In-12 (avec six gravures). (*René*, p. 229-331.)

Œuvres Complètes..., Paris, ladvocat, 1826-1831. 31 vol. In-8°. (*René*, t. XVI, p. 137-192.)

Œuvres Complètes... Paris, Pourrat, 1836-1839, 36 vol. in-8°. (*René*, t. X.)

Editions récentes. *Atala-René*, Texte établi et présenté par Gilbert Chinard. Paris, 1930. In-12 (Collection *Les Textes Français. Collection des Universités de France*, publiée sous les auspices de l'Association Guillaume Budé.)

René, Edition critique avec une introduction, des notes et des appendices, par Armand Weil, Société des Textes français modernes, Paris, Librairie E. Droz, 1935. In-12.

Atala, René, Les Aventures du dernier Abencérage, Introduction et notes par F. Letessier, Garnier, 1958, 404 p. (Collection : Classiques Garnier.)

Œuvres romanesques et voyages. Texte établi, présenté et annoté par Maurice Regard, Gallimard, 1968, 2 vol. (Bibliothèque de La Pléiade). (*René*, t. I, p. 103-146.)

II. ÉTUDES

BALDENSPERGER, F., *Un prédécesseur de René en Amérique*, *Revue de philologie française*, 1901, t. XV, p. 229-234.

BARBÉRIS, Pierre, *Chateaubriand et le pré-romantisme*, *Revue d'histoire littéraire de la France*, mars-avril, 1969.

CHARLTON, D. G., *The ambiguity of Chateaubriand's René*, *French Studies*, juillet 1969.

CHINARD, Gilbert, *Quelques origines littéraires de René* P.M.L.A., n° 1, mars 1928.

DUCHEMIN, Marcel, *Chateaubriand. Essais de critique et d'histoire littéraire*, Paris, Vrin, 1938. (*Chateaubriand à White-Hall, Note critique sur un passage de « René »*, (p. 57-76).

GAUTIER, Jean-Maurice, *L'exotisme américain dans l'œuvre de Chateaubriand, Etude de vocabulaire*, Manchester University Press, 1951.

LE BRETON, André, *Le Roman français au XIXᵉ siècle*, Paris, Lecène-Oudin, 1901 (*René*, chap. VII, p. 150-173).

MERLANT, Joachim, *Le Roman personnel de Rousseau à Fromentin*, Paris, Hachette, 1905 (p. 158-166).

MILLER, H., *Chateaubriand and English Literature*, Baltimore, The John Hopkins University Press, Paris, Presses Universitaires, 1925.

MOREAU, Pierre, *Chateaubriand : René, Mémoires d'Outre-Tombe, I, II, III*, Centre de Documentation universitaire, s.d. (Cours polycopié.)

MOUROT, Jean, *Le génie d'un style : Chateaubriand...* Paris, Colin, 1960.

POMMIER, Jean, *Autour de « René »*, *Revue d'Histoire littéraire de la France*, avril-juin 1937.

SAINTE-BEUVE, *Chateaubriand et son groupe littéraire sous l'Empire...* nouv. éd. par M. Allem, Paris, Garnier, 2 vol., 1948.

SOURIAU, Maurice, *Histoire du romantisme en France*, Spes, 1927 (*René*, t. I, p. 213-226).

WRIGHT, R., *Quelques sources anglaises de Chateaubriand*, *Revue d'Histoire littéraire de la France*, janvier-mars 1910.

CHRONOLOGIE

1768 : 4 SEPTEMBRE — Fils de René-Auguste de Chateaubriand et d'Apolline de Bédée, François-René
naît à Saint-Malo. De ce même mariage, contracté en
1753, étaient nés antérieurement, outre un enfant
mort au berceau : Geoffroy (1758, mort en bas âge),
Jean-Baptiste (1759), Marie-Anne (1760, qui devint
Mme de Marigny), Bénigne (1761, qui devint
Mme de Québriac, puis Mme de Chateaubourg),
Julie (1763, qui devint Mme de Farcy), Lucile (1764,
qui devint Mme de Caud), Auguste (1766, mort en
bas âge) et Calixte (1767, mort en bas âge).
1771 : Après un séjour en nourrice à Plancoët, il revient
à Saint-Malo, auprès de ses parents.
1777 : JUIN — Il entre au collège de Dol.
1778 : M. de Chateaubriand, qui a acheté le domaine de
Combourg en 1761 et s'y est installé en 1777, y fait
venir sa famille.
1781 : 12 AVRIL — François-René fait sa première
communion. Il quitte le collège de Dol et entre, en
octobre, au collège de Rennes qu'il quitte, sans
doute, en décembre 1782.
1783 : JANVIER à MAI OU JUIN — Séjour à Brest, où il
prépare l'examen de Garde de Marine.
OCTOBRE — Il entre au collège de Dinan, pour
quelques mois.
1784-1786 : Il séjourne à Combourg, en famille.
1786 : 10 AOÛT — Il quitte Combourg pour rejoindre le

régiment de Navarre à Cambrai.

6 SEPTEMBRE — Mort de son père, qui lui vaut la première d'une longue série d'absences.

1787 : 19 FÉVRIER — Après avoir été *présenté*, il suit une chasse royale à Versailles.

MARS-SEPTEMBRE — Il séjourne dans la région de Fougères, puis rejoint son régiment à Dieppe, en septembre. Il fait ensuite de fréquents séjours à Paris.

1788 : 16 DÉCEMBRE — Il est tonsuré à Saint-Malo, avec discrétion, en vue de pouvoir être reçu dans l'ordre de Malte.

29 DÉCEMBRE — Il assiste à l'ouverture des états de Bretagne.

1789-JUIN **1790** : Il séjourne à Paris et vend des bas...

1790 : L'*Almanach des Muses* publie sa première œuvre imprimée : *l'Amour de la campagne*, une idylle en vers.

1791 : 7 ou 8 AVRIL — Il s'embarque à Saint-Malo pour l'Amérique.

11 JUILLET — Il débarque à Baltimore.

20 et 21 JUILLET — Il est reçu par G. Washington.

JUILLET-DÉCEMBRE — Il gagne les rives des lacs Ontario et Érié, voit les chutes du Niagara puis descend vers le sud, jusqu'à un point encore mal déterminé.

10 DÉCEMBRE — Il s'embarque à Philadelphie.

1792 : 2 JANVIER — Il débarque au Havre.

20 FÉVRIER — Un prêtre non assermenté bénit son mariage avec Céleste Buisson de la Vigne.

19 MARS — Un prêtre assermenté reprend cette opération, officiellement.

15 JUILLET — Il émigre et rejoint l'armée des Princes.

16 OCTOBRE — Il est libéré, après l'échec devant Thionville, où il a été blessé.

1793 : 20 JANVIER — Il débarque à Jersey.

17 MAI — Débarqué à Southampton, il y reçoit une feuille d'identité et gagne Londres, où il vit misérablement.

1793-1794 : Il enseigne le français dans une école de Beccles, dans le Suffolk.

1795 : 19 JANVIER — Il commence d'enseigner le français dans la même école transplantée à Bungay. A la suite d'un accident de cheval, il séjourne chez le pasteur Ives, de qui la fille, Charlotte, l'intéresse quelque peu.

1796 : JUIN — Il retourne à Londres. La blessure due à sa chute de cheval le dispense de servir.

1797 : 18 MARS — Publication de l'*Essai sur les révolutions*.

1798 (approximativement) : Il rencontre Mme de Belloy qui, moins farouche qu'Atala, donne certains traits à la fille de Lopez.

1800 : 8 MAI — Il débarque à Calais, muni d'un passeport au nom de David de La Sagne, Neufchâtelois.

1801 : 3 AVRIL — Publication d'*Atala*.
Été — Il séjourne à Savigny-sur-Orge, chez Mme de Beaumont, auprès de qui il achève *le Génie du christianisme*, entrepris à Londres.

1802 : 14 AVRIL — Publication du *Génie du christianisme*, juste après la signature du Concordat.

1803 : 27 JUIN — Il arrive à Rome en qualité de secrétaire de la légation française, dont le chef, avec qui il s'entend mal, est le cardinal Fesch, oncle du Premier Consul.
4 NOVEMBRE — Mme de Beaumont meurt à Rome. Il conçoit les *Mémoires de ma vie*.
29 NOVEMBRE — Il est nommé chargé d'affaires auprès de la République du Valais.

1804 : FÉVRIER — Il arrive à Paris, où il retrouve Mme de Chateaubriand, avec qui il avait vécu trois mois en 1792.
21 MARS — Le duc d'Enghien est fusillé dans les fossés du château de Vincennes. Chateaubriand donne sa démission. Il est lié avec Mme de Custine chez qui il fait, à Fervaques, plusieurs séjours.
Été — Il rencontre Mme de Noailles.

1806 : 13 JUILLET — Il part de Paris pour l'Orient.
10 OCTOBRE — Il entre à Jérusalem.

1807 : 30 MARS — Il débarque à Algésiras et retrouve Mme de Noailles.
5 JUIN — Retour à Paris.
4 JUILLET — Une phrase du compte rendu par

Chateaubriand du *Voyage pittoresque* de Laborde lui vaut d'être exilé de Paris.

1809 : 27 MARS — Publication des *Martyrs*.

Automne — Il entreprend de rédiger les *Mémoires de ma vie*.

1811 : 20 FÉVRIER — Il est élu membre de l'Institut, mais ne pourra siéger, son discours n'ayant pas reçu l'approbation de la commission. Peu après le 20 février, publication de l'*Itinéraire de Paris à Jérusalem*.

1812 : JANVIER — Mme de Noailles lui donne son congé... Pendant l'automne, il travaille à rédiger ses *Mémoires*.

1814 : 5 AVRIL — Publication de *De Buonaparte et des Bourbons*.

1815 : 20 MARS (4 heures du matin) — Il part pour Gand.

18 JUIN — Napoléon est battu à Waterloo.

17 AOÛT — Chateaubriand est nommé pair de France.

1816 : 17 SEPTEMBRE — Publication de *la Monarchie selon la charte*, qui est saisie. Chateaubriand est privé de son titre de ministre d'État.

1817 : 4 JUILLET — Il entend chanter la grive dans le parc de Montboissier et se remet à rédiger ses *Mémoires*.

1818 : 5 OCTOBRE — Publication du premier numéro du *Conservateur* (qui devait disparaître en mars 1820).

Automne : Mme Récamier cède à Chateaubriand, qui avait enfin compris qu'il pouvait accéder à l'inaccessible. Une liaison pure survécut jusqu'à la mort à cette brève liaison charnelle.

1820 : Publication des *Mémoires* [...] *touchant la vie et la mort de S. A. R.* [... le] *Duc de Berry* (le duc avait été assassiné le 13 février).

1821 : 1er JANVIER — Chateaubriand part pour Berlin, en qualité de ministre plénipotentiaire.

30 JUILLET — Il donne sa démission.

1822 : 9 JANVIER — Il est nommé ambassadeur à Londres.

5 OCTOBRE — Il arrive à Vérone, pour siéger au Congrès.

28 DÉCEMBRE — Il est nommé ministre des Affaires étrangères.

1823 : MARS-OCTOBRE — Guerre d'Espagne. Il est devenu l'amant de Mme de Castellane.

1824 : 6 JUIN — Il est chassé du ministère.

1826 : Le libraire Ladvocat commence la publication des *Œuvres complètes* de Chateaubriand.

1828 : 14 SEPTEMBRE — Chateaubriand part pour Rome en qualité d'ambassadeur.

1829 : 16 MAI — Il rentre à Paris, puis part pour Cauterets, d'où il revient à Paris à la suite de la constitution du ministère Polignac.

28 AOÛT : Opposé à Polignac, il donne sa démission.

1830 : 7 AOÛT — Il prononce un grand discours à la Chambre des Pairs, puis donne sa démission de pair de France.

1830-1833 : Rédaction des *Mémoires*.

1831 : Il séjourne à Genève, publie *Moïse* (tragédie écrite en 1812) et les *Études historiques*.

1832 : 16 JUIN — Accusé d'avoir favorisé les entreprises de la duchesse de Berry, il est arrêté.

1833 : MAI-JUIN — Il va à Prague plaider, en vain, la cause de la duchesse de Berry auprès de Charles X. Il rédige la *Préface testamentaire des Mémoires*.

1834 : 15 AVRIL — Publication de l'*Avenir du Monde* dans la *Revue des Deux Mondes*.

25 OCTOBRE — Publication des *Lectures des Mémoires de M. de Chateaubriand* (ces lectures avaient eu lieu en février et en mars ; des commentaires accompagnaient des textes inédits).

1836 : 22 MARS, 21 AVRIL et 14 MAI — Actes constitutifs de la Société en commandite qui acquiert le droit de publier les *Mémoires d'outre-tombe*.

26 JUIN — *Essai sur la littérature anglaise*.

1838 : *Le Congrès de Vérone*.

1841 : 16 NOVEMBRE — Achèvement des *Mémoires*.

1844 : *La Vie de Rancé*.

1844-1848 : Révision des *Mémoires*.

1847 : 8 FÉVRIER — Mort de Mme de Chateaubriand.

1848 : 4 JUILLET — Mort de Chateaubriand.

21 OCTOBRE — Les *Mémoires* commencent de paraître dans *la Presse*. La publication, discontinue, se poursuit jusqu'en juillet 1850.

TABLE DES MATIÈRES

RENÉ

PUBLICATIONS NOUVELLES

Vous trouverez chez votre libraire le catalogue complet des livres de poche GF-Flammarion et Champs-Flammarion.

GF – TEXTE INTÉGRAL – GF

92/02/M0383-III-1992 – Impr MAURY Eurolivres SA, 45300 Manchecourt.
Nº d'édition 13633. – 3e trimestre 1964. – Printed in France.